es 1909

edition suhrkamp

Neue Folge Band 909

Foto: Evgen Bavčar

Evgen Bavčar, der Blinde, sieht die Dinge anders. Sehen und Nicht-Sehen stehen im Mittelpunkt seiner Erzählungen, die begleitet werden von Bildern, deren Entstehung einer Paradoxie geschuldet ist, dem Blick eines Blinden durch die Linse eines Fotoapparats, also dem Versuch, das festzuhalten, was nur in der Erinnerung und Imagination gegenwärtig ist: Objekte in ihrem Licht und Schatten.

Bavčar läßt uns an seinem Alltag teilhaben und zwingt uns dabei eine andere Perspektive auf. Seine Welt des Tastens und Berührens ist zugleich sinnlicher und abstrakter, sie wird gespeist von der Kraft der Erinnerung an die Kindheit in Slowenien, an die Zeit des Sehens, und zugleich von der Macht der Vorstellung. Indem er sich zum Sehenden macht, sich im Akt des Fotografierens als Sehenden setzt, zieht er nicht nur seine Objekte in einen Dialog von Sehen und Nicht-Sehen hinein, sondern auch Betrachter und Leser. Dies führt zu einer produktiven Verwischung der Fronten, die die Posen eines jeden Modells zum Wanken bringt.

Evgen Bavčar, geboren 1946 in Slowenien, lebt in Paris als Fotograf, Schriftsteller, Filmemacher.

Evgen Bavčar
Das absolute Sehen

Aus dem Französischen
von Sybille Kershner

Mit Fotografien

Suhrkamp

Originaltitel: *Le voyeur absolu*

Auswahl der Texte und Fotografien durch
Ghislaine Glasson Deschaumes in Zusammenarbeit mit dem Autor

edition suhrkamp 1909
Neue Folge Band 909
Erste Auflage 1994

Erstausgabe

Satz: Otto Gutfreund, Darmstadt
Druck: Nomos Verlagsgesellschaft, Baden-Baden
Umschlagentwurf: Willy Fleckhaus
Printed in Germany

1 2 3 4 5 6 – 99 98 97 96 95 94

Das absolute Sehen

Wege

Zur Zeit der österreichisch-ungarischen Monarchie waren meine Eltern Slowenen. Dann wurden sie Italiener, danach Jugoslawen. Mein Vater stammte vom Land, aus einer Familie von Kupferschmieden. Meine Mutter, deren Vorfahren von den Österreichern geadelt worden waren, kümmerte sich um den Haushalt. Ich war gerade erst sieben Jahre alt, als mein Vater starb. Die deutlichste Erinnerung, die ich an ihn habe, ist verbunden mit einem Kindergewehr, das er für mich gemacht hatte, so als wolle er mir sagen: Hör niemals auf, dem Schicksal Widerstand zu leisten! Damals wußte ich noch nicht, daß ich einer kleinen Nation angehörte, die von anderen bedroht war. Wie hätte ich begreifen können, daß es mir selbst genauso ergehen würde und daß es derart viel Energie beanspruchen würde, meine eigene Identität zu verteidigen? Meine Kindheit war sehr schön; das kommt häufiger vor. Ich verbrachte sie damit, die Welt zu erforschen, etwas, was ich mir seither zur Regel gemacht habe. Meine Schwester ist ein Jahr jünger als ich. Uns beide betrachtete man in unserem Dorf Lokavec ein wenig als Außenseiter. Unser Haus lag etwas abseits, und infolge flüchtiger kindlicher Bündnisse gehörten wir mal der einen, mal der anderen Gruppe an. Mich haben die Spuren des letzten Krieges geprägt, der uns durch die Erzählungen der Erwachsenen gegenwärtig war. Mit zwei Freunden schuf ich mir eine kleine Armee, bastelte Granaten aus Stroh und Benzin und Kanonen aus Treibstoff, auch Bienenkörbe, Angelrollen und Wassermühlen, die mir als Kraftwerke dienten. Dies alles waren nur Kinderspiele.

Die Schule, in der ich lesen und schreiben gelernt habe, lag einen Kilometer von zu Hause entfernt, und der Weg dorthin war eigentlich das Beste daran. Ich war ein schreckliches Kind, das die Lehrer kaum zähmen konnten. Die technischen Fächer und Lesen haben mir am besten gefallen. Eines Tages hat ein Zweig mein linkes Auge verletzt, ohne daß ich darin das Vorzeichen einer größeren Katastrophe gesehen hätte. Monatelang betrachtete ich die Welt nur mit einem Auge, bis zu dem Tag, an dem der Zünder einer Mine auch mein rechtes Auge verwundete. Ich bin nicht plötzlich erblindet, sondern schrittweise, über Monate hinweg. Es erschien mir wie ein langsames Abschiednehmen vom Licht. Auf diese Weise hatte ich Zeit genug, um die kostbarsten Dinge im Fluge zu erfassen, die Bilder in den Büchern, die Farben und alle Erscheinungen am Himmel, und sie mitzunehmen auf eine Reise ohne Wiederkehr. Vielleicht ist es ein Glück, daß dies sich so langsam abgespielt hat. Vielleicht war es aber auch nur die Ironie des Schicksals, das mit einer gewissen Verzögerung eingriff. Ich hoffe, ich werde nie genötigt sein, auf diese Fragen genauer zu antworten.

Blind zu sein wäre das letzte, was ich mir gewünscht hätte. Ich mußte diese Tatsache hinnehmen wie das Leben auch, in das man hineingeboren wird, ohne es zu wollen, ohne die Wahl zu haben. Während das Leben unwiderruflich da ist, aber eben doch nicht vollkommen unwiderruflich, denn man kann es immer beenden, läßt mich die Blindheit niemals los, und wenn ich mich davon befreien wollte, so müßte ich mich auch von allem anderen lösen, was ganz sicher der Mühe nicht wert wäre. Ich habe mich also entschlossen, diese unauflösbare Komplizenschaft aufrechtzuerhalten, mit der Blindheit zu leben und ihre Möglichkeiten zu erforschen, in einem Spiel von Liebe und Haß, das sie mir aufzwingt.

Die Blindheit hat mein Leben auf eine bisweilen unerwartete Art und Weise verändert, die nur die Zeit erhellen kann. So kann ich nicht mehr laufen wie vorher; ich hätte es fast vergessen, wenn mich nicht eines Tages Kinder gefragt hätten, warum ich so langsam gehe. Mein Leben ist weniger bewegt, es ist ruhiger. Ich beobachte die Welt, indem ich ihr lausche und zuhöre und indem ich eher den Kopf als den Körper bewege. Ich gehe weniger auf die Dinge zu, ich gehe weniger aus, und mein Radius ist begrenzt. Tatsächlich ist mein Raum geschrumpft, und ich muß ihn berühren, um ihn wahrzunehmen, oder ich erschließe ihn mir mittels der Geräusche. Das ist störend, besonders, was mein körperliches Ruhebedürfnis betrifft oder den Blick in die Ferne, der mir fehlt. Das Gesetz des Raumes beherrscht mich jetzt, selbst wenn diese Kontrolle nicht absolut ist: Ich gehe in der Stadt umher, auf Wegen, ich kann reiten, schwimmen oder skifahren, aber nur nach bestimmten Vorkehrungen, und all diese Dinge kosten mich mehr Zeit.

Die Tatsache, daß ich für viele Dinge länger brauche als andere, gibt mir das Gefühl, immer in Eile zu sein. Und so ist es auch, was das Lernen anbetrifft: einem auf Band aufgenommenen Buch zuzuhören erfordert mehr Zeit als dessen Lektüre, und angesichts des unaufhörlichen und niemals endenden Abspulens des Bandes sehne ich mich zurück nach einer unmittelbareren Art des Lesens.

Bei mir zu Hause herrscht eine militärische Ordnung, und ich bewundere immer das Durcheinander in den Wohnungen meiner Freunde. Ich muß Räume in all ihren Einzelheiten erfassen, und dabei die Augen an den Fingerspitzen zu haben, kann durchaus unbequem sein. Ich kann sehr lange nach einem Gegenstand suchen, den jemand verlegt hat.

Wenn ich koche und dabei eine Schraube meines Schnellkochtopfes verlege, die ich dann stundenlang suche, denke ich an die Arbeit von Goldgräbern, damit mich beim Suchen die Ausdauer nicht verläßt. Das alles ist eine Art Herausforderung, vielleicht auch der Preis meiner Unabhängigkeit und Freiheit. In Wirklichkeit kann ich auf die Hilfe anderer nicht verzichten – aber wer könnte dies schon? –, und ich weiß, daß die Einsamkeit für mich ein größeres Problem ist als für andere. Die Gegenwart meiner Freunde gibt mir ein Mehr an Freiheit und einen größeren Handlungsspielraum.

Ich war glücklich, als ich noch einige Spuren von Licht und Farbe erkennen konnte, und ich erinnere mich leb-

Kindheit, Lokavec

haft an diese Augenblicke des Abschiednehmens von der sichtbaren Welt. Doch dann ist die Monochromie in meine Welt eingedrungen, und jetzt muß ich mich anstrengen, um mir ein Spektrum von Schattierungen zu bewahren, damit meine Welt der Einförmigkeit und Transparenz entgeht. Den Dingen und den Personen, denen ich begegne, ordne ich einen Farbton zu. Ich kenne eine Frau, deren Stimme so blau ist, daß es ihr gelingt, etwas davon einem grauen Herbsttag mitzuteilen, und ich habe einen Maler mit einer dunkelroten Stimme kennengelernt, der zufällig eben diese Farbe liebt; darüber habe ich mich sehr gefreut.

Die Gegenwart der Sonne errate ich aus der Wärme, die sie verbreitet, doch kommt es vor, daß ich mich irre. Einmal war ich zu Besuch bei einem Freund, dessen Wohnung ich nicht sehr gut kannte. Aufgrund des Straßenlärms wußte ich, wo sich das Fenster befand. Ich sagte: »Wie schön die Sonne heute scheint!«, und wußte nicht, daß es die Heizung war, die diese Wärme verbreitete. Wir haben beide gelacht. Zu Beginn meiner Blindheit, als ich sie noch zu ernst nahm, habe ich eine sehr dunkle Brille getragen, um diese Tatsache zu unterstreichen; heute trage ich eine Brille mit helleren Gläsern, um den Eindruck eines Intellektuellen zu erwecken.

Und nun leuchtet für mich etwas anderes, das Licht der Sprache und der Musik. Es gibt auch Menschen, die um sich sehr viel Helligkeit verbreiten, so daß ich sie beinahe sehen kann. Ich kann mich an eine Gitarrenspielerin erinnern, die mir auf portugiesisch einen Bossanova vorsang. Zwar konnte ich den Text kaum verstehen, doch die

Klänge verdichteten sich zu Lichtern, die sich wie Glühwürmchen über sie und ihre Gitarre ausbreiteten; es war so hell, daß ich Lust bekam, sie zu zeichnen. Tatsächlich hat diese Musik in mir lauter Bilder wachgerufen, die ich einst auf den Wiesen meines slowenischen Dorfes gesammelt und festgehalten hatte.

Als ich meine Komplizin, die Blindheit, noch haßte, habe ich gern so getan, als wäre ich nicht blind. Einmal hat sich in einem Bus, der durch mein heimatliches Tal fuhr, ein Bauer neben mich gesetzt. Er hat angefangen, über die Felder und die zu erwartende Ernte zu sprechen; und ich habe es riskiert, ihm zu sagen, daß der Mais augenscheinlich noch nicht zu sehr unter dem Wind gelitten hätte, daß er sich noch aufrichten und wachsen würde. Er fuhr fort, sich mit mir zu unterhalten, und ich habe meine Rolle weitergespielt. Leider mußte ich früher aussteigen als er, und als ich dazu meinen Stock nehmen mußte, den ich sorgfältig vor ihm verborgen hatte, war das Spiel aus, er war schockiert, und einige Mitreisende haben sich darüber lustig gemacht.

Es gibt noch ein anderes, gefährlicheres Spiel. Das Telefon, das mir den Anschein von Gleichheit mit denjenigen verleiht, die sehen können, hat mich eines Tages dazu verleitet, einem Mädchen den Hof zu machen. Am Telefon habe ich ihr nicht die Wahrheit gesagt, und aus Angst vor einer Niederlage habe ich die Telefongespräche so lange fortgesetzt, bis sie darauf bestand, mich kennenzulernen. Wir haben uns in einem Café verabredet und uns gegenseitig beschrieben, wie wir aussehen. Um überzeugender zu wirken, habe ich am Tisch eine Zeitung in die

Hand genommen und so getan, als würde ich darin lesen. Im Lärm der Jukebox erkannte ich die Stimme am Telefon, die mich fragte, warum ich die Zeitung verkehrtherum hielt. Ich sagte mir, daß ich mir in Zukunft bessere, weniger gefährliche Spiele ausdenken sollte.

In meinem Leben gibt es im großen und ganzen wenig Spontaneität. Ich halte mich mit geometrischer Präzision an immer denselben Orten auf, während ich oft Lust hätte, mich in einem unbekannten Wald zu verlaufen. So könnte ich mir eine angenehme Illusion von Freiheit verschaffen. Wenn ich in Paris spazierengehe, lande ich immer wieder an derselben Metrostation, und damit verliert die Sache ihren Reiz.

Auch die Natur ist für mich nicht mehr dieselbe, verhüllt vom Nebel einer indirekten Wahrnehmung entzieht sie sich mir. Die Orte, über die ich meinen Blick mit soviel *Sehnsucht* schweifen ließ, stehen mir erst nach einer langen Erinnerungsarbeit wieder vor Augen. Auch die Jahreszeiten sind anders geworden. Einmal abgesehen von den Gerüchen, die sie begleiten, kommen sie mir heftiger vor, und dies sicherlich, weil mir die Farben fehlen. Zu Hause in Slowenien vergesse ich oft die Einzelheiten, die Hügel, die Ansicht eines Dorfes, die Verteilung der Bäume, und ich muß mir die Häuser wieder aufbauen und die Bäume pflanzen, sie anfassen, um zu wissen, daß sie immer noch da sind, ihnen Vögel ins Geäst setzen und einen leichten Wind durch ihre Blätter streichen lassen. Wenn ein Wind geht, sind diese Bilder unschärfer, und ein Rauschen in den Büschen kann die Landschaft vor meinen Augen ganz verschwinden lassen. Manchmal muß ich die Feldwege wieder mit den Leuten bevölkern, die ich dort gesehen habe, und dann erinnere ich mich von selbst an alles andere. Es geht mir anders mit Ländern, die ich nie gesehen habe; sie bleiben sehr abstrakt und undeutlich, einmal abgesehen vom adriatischen Meer, das mir wunderbarerweise blau erscheint, obwohl ich es nie gesehen habe. Vielleicht ist dies so, weil ich gern darin schwimme, vielleicht liegt es auch am Geruch. In Paris hängt der Geruch der Passanten ganz davon ab, ob man sich in einem reichen oder armen Stadtteil befindet; man verwendet unterschiedliche Parfüms, und damit kenne ich mich ein wenig aus. Und doch gibt es in der Stadt eine zu große Vermischung von Gerüchen, als daß man daran wirklich Gefallen finden könnte.

Zweifellos kennzeichnet die dauernde Abwesenheit des Himmels mein Leben; sein Bild zählt zu den undeutlichsten. Zu den Sternen, zum Beispiel, ist der Weg der Erinnerung besonders schwierig. Es ist für mich jetzt eine Art Herausforderung, sie zu fotografieren. Als ich diese Bilder jemandem zeigte, sagte er, er wolle unbedingt meine Heimat besuchen; wegen der vielen Sternschnuppen. Er hatte vergessen, daß sich die Erde dreht und die Bewegung der Sterne auf diese Weise als eine Vielzahl von schmalen Lichtstreifen erscheint. Wenn es nicht die Kunst gäbe, würde ich diese Abwesenheit des Himmels bitter bedauern. Ich weiß nicht, warum ich hier eine Verbindung herstelle, die a priori keinen Sinn ergibt, außer im Entzug. Zur Malerei, zum Kino und zur Architektur finde ich nur schwer Zugang, weil es keine Modelle gibt, die ich berühren könnte. Es bleibt mir also die Musik, zu der ich ein ambivalentes Verhältnis habe. Meine Liebe zu ihr ist grenzenlos, aber ich kann sie auch verabscheuen. Es ärgert mich, daß man sie zum einzigen Vergnügen der Blinden erklärt hat – während sie doch in Wirklichkeit die einzige Möglichkeit einer gesellschaftlichen Existenz für sie war, und damit einfach ein Glücksversprechen.

Meine Interessensgebiete sind die Philosophie der Kunst und die Ästhetik, allerdings unter gewissen Vorbehalten, die technischer Natur sind. So besteht zum Beispiel eine Differenz zwischen dem visuellen Aspekt eines Textes und seinem Klangbild, außer vielleicht, wenn man die Lektüre unterbricht, um sich der Verwendung der Zeichen bewußt zu werden, was es wiederum schwer macht, ihn zu verstehen. Im übrigen zwingt mich die Notwendigkeit des dauernden Zitierens, Sätze, die ich nur gehört habe, zu verifizieren, bevor ich sie in einen Text einfügen kann. Das ist ein weiteres technisches Problem, das zu allen anderen hinzukommt.

Gerade weil sich mir die Malerei und andere visuelle Künste entziehen, fühle ich mich besonders zu ihnen hingezogen. Ich brauche allerdings jemanden, der mir ein Bild beschreibt, damit ich mir davon einen Begriff machen und indirekt eine ästhetische Vorstellung entwickeln kann, die mir dann vielleicht auch Vergnügen bereitet. Bei dieser Arbeit ist höchste Vorsicht geboten, denn oft haben die Beschreibungen vor allem die Phantasie des Betrachters zum Inhalt. Manchmal kann ich auf mehrere Beschreibungen zurückgreifen und bekomme so vielleicht ein annäherndes Bild von der Wirklichkeit. Durch diese Erfahrungen habe ich eine Vorliebe für einige Gemälde entwickelt, und zwar oft für diejenigen, deren Beschreibung die längste Zeit in Anspruch genommen hat, beispielsweise für Werke von Bosch und El Greco, für einige Ikonen und, wegen ihres Farbenreichtums, auch für Werke der venezianischen Schule. Wenn ich Museen oder Ausstellungen besuche, gefällt mir die Vorstellung, daß sich alle Blicke schweigend auf die Gemälde richten, und das Geräusch der Schritte, das ich höre, während ich der Stimme meines Führers lausche, der versucht, mir seine eigene Sehweise zu vermitteln. Anders als Gemälde vermitteln mir Skulpturen einen unmittelbaren ästhetischen Eindruck, jedenfalls dann, wenn man mir gestattet, sie zu berühren, was nicht immer der Fall ist. (So hat man es mir beispielsweise im Park von Versailles einmal verboten, eine Kopie der Laokoongruppe zu berühren; dabei hätte ich dazu nur eine Trittleiter gebraucht.) Für mich besteht in der Berührung die einzige Möglichkeit, den Mythos von Eros und Psyche nachzuvollziehen, von dem ich mich im übrigen vollständig gelöst habe. Der schwache Schimmer der Öllampe, der für mich die Welt der Erscheinung repräsentiert, ist verschwunden, und es bleibt nur die Sehnsucht nach der unzugänglichen Wirklichkeit – und der Wunsch, den Weg einzuschlagen, der dorthin führt. Wenn ich Aufseher in einer Gemäldegalerie wäre, käme ich mir bemitleidenswert vor, während dieselbe Arbeit in einer Skulpturenabteilung mir großes Vergnügen bereiten würde.

So flüchtig die Präsenz dieser Dinge bei der allzu verstandesmäßigen Art meiner Wahrnehmung auch sein mag, eines Tages hat mich der Traum von all dem Unerreichbaren dazu gebracht, meine ersten Aufnahmen zu machen; ohne jeden künstlerischen Anspruch, wohlgemerkt, denn ihre ästhetische Bedeutung kann ich nur schwer beurteilen. Die glatte Oberfläche der Aufnahmen richtet sich nicht an mich; mir bleibt allein ein materieller Abdruck der Landschaften, die ich gesehen habe, und der Menschen, denen ich begegnet bin. Mein Blick existiert nur durch das Schattenbild einer Fotografie, die von einem anderen betrachtet worden ist. Ich brauche den Blick des anderen, damit die Bilder in mir zum Leben erweckt werden.

Es handelt sich um eine Dunkelkammer, die einer anderen Dunkelkammer gegenüber liegt, und um Strahlen, die umgekehrt auf diese treffen, nichts weiter als das, um ein schwaches Licht auf einem unbelichteten Film, der sich zu verändern beginnt und zu einem Bild formt.

Es ist vor allem das Rätsel der menschlichen Blicke, das mich interessiert: Auf meinen Aufnahmen erscheinen die Menschen tatsächlich ganz anders, sowohl dem Objektiv, als auch sich selbst gegenüber, als unterschiedliche Erscheinungsweisen einer unbekannten oder unendlichen Dunkelheit. Die Abwesenheit des Auges des Fotografen manifestiert sich im unwiederbringlichen Augenblick der Aufnahme, einer Aufnahme, die im sich entziehenden Blick vergeht und sich auflöst. Als fotografierte Objekte können sich meine Modelle nicht so präsentieren, wie sie es gewohnt sind, denn es fehlt die implizite Komplizenschaft mit einem Fotografen, der sie in ihrem Narzißmus bestätigt.

Immer in der Hoffnung, daß sie, die ja Bestand haben, mich nicht ohne Bilder zurücklassen werden, nehme ich, wenn auch aus einer gewissen Distanz, am Spiel der Photonen teil. Ich weiß jedoch auch, daß sie nur auftauchen, um alsbald zu verschwinden, so als hätten sie das Wesen der Engel, und dies ist rätselhaft.

Ich bin meinen Freunden, die mir diese Bilder beschreiben, dankbar. Sie sind keinesfalls »Geiseln des Lichts«, wie einmal jemand behauptet hat. Mit ihrer Hilfe entfliehe ich der Dunkelheit soweit wie möglich, auch der Dämmerung der Gleichgültigkeit. Zwar habe ich aus Liebe zum Paradox in meiner Wohnung viele Spiegel, doch um mir ein Bild meiner selbst zu machen, bediene ich mich lieber der Stimme meiner Freunde und Bekannten. Diese Nachforschung macht mir Freude.

Was ist das also, ein Blick? Es ist vielleicht die Summe aller Träume, wobei man den Anteil der Alpträume wenn möglich außer acht läßt. Die Finsternis ist nur Schein, denn das Leben jedes einzelnen, so dunkel es auch sein mag, besteht auch aus Licht. Und ganz so, wie der Tag mit dem Gesang der Vögel einsetzt, habe ich gelernt, zwischen den Stimmen des Morgens und denen des Abends zu unterscheiden.

Der Wind

Der Wind war eines der Dinge, die mir am liebsten waren in meinem Tal; wo ich auch sein mag auf der Welt, ist er der Gast, den ich am meisten vermisse. Sein slowenischer Name ist *buria*, die Bora. Doch wir nannten ihn einfach *veter*, den Wind, oder auch *veitr*, im Dialekt der Einwohner von Vipava. Den Sprühregen, der sich auf die Fenster legte, nannten wir *pišota*. Er spielte gern mit dem Schnee, wenn auch selten, in jenen harten Wintern, die schon damals in eine ferne Kindheit verwiesen und ihren Platz hatten in den leuchtenden Erinnerungen, die allein der Wind zu wecken wußte.

In seinem unerwarteten Erscheinen gab es immer etwas Schönes, Undefinierbares, so als müsse sich etwas Wichtiges ereignen, das sich machtvoll vom mühsamen und monotonen Alltag absetzte. Oft setzte er stoßweise ein, ganz plötzlich. Dann wieder tastete er sich langsam heran, als genösse er die Gegenwart der Häuser, Straßen und Bäume, gegen die er sich aber auch mit aller Macht werfen konnte, um die feste Ordnung der Dinge zu zerstören.

Er war der unentbehrliche Gefährte meines Lebens, und nur selten lagen wir im Streit miteinander. Wir stritten uns nur, wenn er mit seinem Lärm alle anderen Stimmen übertönte und meine räumliche Orientierung behinderte. Ich konnte dann nur durch tastende Folgerungen auf dem von ihm leergefegten Boden erkennen, wo ich mich befand, und so auch den Weg nach Hause suchen, den ich niemals verloren und niemals vergessen habe; es war immer derselbe. Sehr früh schon hatte sich zwischen uns eine schweigende und geheime Komplizenschaft hergestellt. Meine ersten Liebesbriefe schrieb ich in seinem Aufbrausen. Die Namen der Auserwählten erklangen in seinem Rauschen, und mein Kummer verschwand. Das Gefühl seiner heiligen und feierlichen Gegenwart begleitete mich bis in die schweigenden Nächte. So merkwürdig dies auch scheinen mag: der Wind wußte in mir ein Gefühl der Fülle zu erwecken. Es gab eine stillschweigende Verbindung zwischen diesem unsichtbaren und ewigen Wesen und dem Kind, das von der Zeit noch keinen Begriff hatte. Der kleine Junge, der ich war, verstand kaum, daß zur Zeit der Römer dieser gleiche Wind die Sieger bestimmt hatte, indem er die Pfeile der Verteidiger der Stadt, die den geheimnisvollen Namen *Castra ad fluvium frigidum* (Posten am Ufer des kalten Wassers) trug, abgewendet hatte. Ich wußte, dies lag in einem fernen Gestern, vielleicht aber auch nur einige Winter zurück. Und wie hätte ich mir dies auch genau vorstellen können? Der Kindheit gelingt es nie ganz, die Dinge, die zu Ende sind, zu begreifen – diese unzähligen Leben, die schon vor mir dem Wind seinen Namen gegeben hatten und die dies tun würden, wenn ich nicht mehr da wäre.

Ich wußte, daß es nicht nur den einen Wind gab, der die Pappeln jenseits der Straße krümmte, die erschreckten Vögel bis in ihr schützendes Obdach verfolgte und an den Fensterscheiben rüttelte. Der Wind war mir Bote

Slowenien

Kindheit, Lokavec

Hermann Hesse
Ausgewählte Werke
in sechs Bänden

Etwa 3400 Seiten. Leinen
Subskriptionspreis bis 31. Dezember:
ca. DM 178,– / öS 1389,– / sFr. 178.–;
sonst DM 228,– / öS 1779,– / sFr. 228,–
(September 94)
Leder ca. DM 780,– / öS 6084,– / sFr. 780.–
(November 94)

In bibliophiler Ausstattung, leinengebunden und in großzügiger Typographie auf Dünndruckpapier löst diese neue Sammlung von Hesses wichtigsten Werken die Jubiläumsausgabe von 1977 ab. Die ausgewählten Werke enthalten, wie die Jubiläumsausgabe, sämtliche Romane und einige der wichtigsten Erzählungen. Darüber hinaus bringen sie eine Auswahl von Hesses schönsten Gedichten.

Robert Walser
»Der Roman, woran ich weiter und weiter schreibe«

Ich-Buch der Berner Jahre
Zusammengestellt von Jochen Greven
Etwa 380 Seiten. Leinen
ca. DM 45,– / öS 351,– / sFr. 45.–
(September 94)

Robert Walser fand in seinen Jahren in Bern sein Auskommen als »Zeitungsschreiber«. Die dadurch entstandene Kleinprosa zeigt gewisse durchgehende Strukturen, und Walser selbst spricht einmal von dem »mannigfaltig zerschnittenen oder zertrennten Ich-Buch«, das seine Prosastücke bilden.
Jochen Greven, der Herausgeber der Robert-Walser-Werkausgabe, wagt das Experiment und verknüpft nachträglich die zahlreichen Ich-Texte zu einem »Roman«, der Robert Walsers nachgelassenem »Räuber«-Roman an die Seite zu stellen ist.

Spectaculum 58

Sechs moderne Theaterstücke und Materialien
Etwa 300 Seiten. Gebunden
ca. DM 36,– / öS 281,– / sFr. 37.–
Im Abonnement
ca. DM 32,– / öS 250,– / sFr. 33.–
(Oktober 94)

Herbert Achternbusch:
»Der Stiefel und sein Socken«

Edward Bond: »Ollys Gefängnis«

Tankred Dorst: »Herr Paul«
Ein Stück. Mitarbeit: Ursula Ehler

Peter Handke: »Die Stunde, da wir nichts voneinander wußten«

Marie Redonnet: »Tir & Lir«

Robert Schneider: »Dreck«

Botho Strauß: »Das Gleichgewicht«

Edward Bond
Die See, Gerettet und andere Stücke

448 Seiten. Kartoniert
DM 38,– / öS 297,– / sFr. 39.–

Seit der deutschen Erstaufführung von *Gerettet* (1967) gilt der Engländer Edward Bond als einer der wichtigsten zeitgenössischen Autoren des deutschen Theaters.
Edward Bond wird im Juli 1994 sechzig Jahre alt. Aus diesem Anlaß erscheint eine broschierte Sonderausgabe, die, neben den im Titel genannten Stücken, die dramatischen Werke *Trauer zu früh, Lear* und *Sommer* enthält.

João Ubaldo Ribeiro
Das Lächeln der Eidechse

Roman
Aus dem brasilianischen Portugiesisch von Karin von Schweder-Schreiner
Etwa 460 Seiten. Gebunden
ca. DM 48,– / öS 375,– / sFr. 48.–
(September 94)

Der Rückzug auf eine idyllische tropische Insel bewahrt den Biologen João Pedroso nicht davor, mit den jüngsten und folgenreichsten Möglichkeiten seiner Wissenschaft konfrontiert zu werden. Denn eben hier geschieht es, daß ein Team internationaler Wissenschaftler geheime Experimente durchführt, die zum Ziel haben, den Rohstoff Leben ein für allemal in den Griff zu bekommen.
Das Lächeln der Eidechse ist der packend und psychologisch eindringlich erzählte Roman über letzte Konsequenzen einer unbeschränkten Gentechnologie.

Brasilien, Brasilien

Roman
Aus dem brasilianischen Portugiesisch von Curt Meyer-Clason und Jacob Deutsch
Etwa 736 Seiten. Gebunden
Sonderausgabe
ca. DM 39,80 / öS 311,– / sFr. 40.80
(September 94)

»*Brasilien, Brasilien* ist ein mächtiger Entwurf, ein Epos, das konzentrisch das Dilemma dieser Nation umkreist. (...) Der Autor schreibt darin gegen die ›offizielle‹ Geschichte an, aber nicht eifernd verbohrt, sondern mit lässigem Witz. Ribeiro gebietet über eine Vielzahl literarischer Register. Er intoniert die Farce so gut wie die Satire, er überzieht die Parodie ins leicht Groteske und läßt innige poetische Beschreibungen zusammenklingen mit einläßlichen quasi-dokumentarischen Schilderungen: ein brasilianisches Konzert, polyphon.«

Frankfurter Rundschau

João Ubaldo Ribeiro
Sargento Getúlio

Roman
Aus dem brasilianischen Portugiesisch übersetzt und mit einem Nachwort versehen von Curt Meyer-Clason
Etwa 190 Seiten. Gebunden
Sonderausgabe
ca. DM 32,– / öS 250,– / sFr. 33.–
(September 94)

Sargento Getúlio, ein Revolvermann mit festen Grundsätzen und eigener Ehre, hat von seinem Boß den Auftrag, einen politischen Gegner zu entführen. Während der strapaziösen Überführung gibt es einen politischen Umschwung, und Getúlio erhält von weit her die Order, seinen Gefangenen freizulassen. Er weigert sich, solche politischen Finessen mitzumachen, und ist entschlossen, den Auftrag auszuführen, komme, was wolle.

Euclides da Cunha
Krieg im Sertão

Aus dem brasilianischen Portugiesisch von Berthold Zilly
Etwa 800 Seiten. Gebunden
Im Schuber. ca. DM 78,– / öS 609,– / sFr. 78.– (September 94)

Die Anhänger des Antônio »Conselheiro« (»Der Ratgeber«) haben sich im Hinterland von Bahia vor den Obrigkeiten verschanzt und leben dort nach den Grundsätzen eines asketisch, mystisch und endzeitlich geprägten Christentums in Erwartung des Messias. Die Republik befürchtet einen monarchistischen Umsturz und führt einen militärischen Vernichtungsfeldzug gegen die »Rebellen«.
Mit dramatischer Wucht schildert da Cunha die Ursachen und den fatalen Verlauf des Konflikts – des bis heute virulenten Zusammenstoßes zwischen traditioneller und moderner Gesellschaft, zwischen »Barbarei« und »Zivilisation«.

Neue Bücher 2. Halbjahr 1994

Suhrkamp Literatur

Louis Begley · Edward Bond · Bertolt Brecht
Hans Christoph Buch · Iso Camartin · Euclides da Cunha
Deutsche Gedichte über Polen · Tankred Dorst
Marguerite Duras · Hans Magnus Enzensberger · Urs Faes
Oswaldo França Junior · Durs Grünbein · Reto Hänny
Peter Handke · Kerstin Hensel · Hermann Hesse
Uwe Johnson · James Joyce Bilder · Bodo Kirchhoff
Karl Krolow · Friederike Mayröcker · Adam Mickiewicz
Alice Miller · Marcel Möring · Tilmann Moser
Cees Nooteboom · Morris Philipson · Boris Pilnjak
Gustave Rathe · João Ubaldo Ribeiro · Ralf Rothmann
Stefan Schütz · Jorge Semprun · Peter Sloterdijk
Spectaculum · George Steiner · Jörg Steiner
Marlene Streeruwitz · Robert Walser
Jüdischer Verlag
Bibliothek Suhrkamp · edition suhrkamp
Literatur heute
Rotes Programm

Peter Handke

Durs Grünbein

Hans Magnus Enzensberger

Peter Handke
Mein Jahr in der Niemandsbucht

Ein Märchen aus den neuen Zeiten
Etwa 1080 Seiten. Leinen
ca. DM 58,– / öS 453,– / sFr. 58.–
(September 94)

In seinem großen, neuen, bisher umfangreichsten, weit in die Kontinente und zugleich in die abseits gelegenen Orte ausgreifenden Werk erzählt Peter Handke vom Leben und Schreiben, Lassen und Tun des 56jährigen Schriftstellers Gregor Keuschnig am Ausgang dieses Jahrhunderts.

Karl Krolow
Etwas brennt

Gesammelte Prosa
Etwa 480 Seiten. Leinen
ca. DM 48,– / öS 375,– / sFr. 48.–
(August 94)

Das Buch versammelt Karl Krolows Prosa seit anderthalb Jahrzehnten: *Das andere Leben*; *Im Gehen*; *Melanie*; *Etwas brennt*; *Nacht-Leben oder Geschonte Kindheit*; *In Kupfer gestochen*. Die Zusammenfassung gerät zum Spiegelbild einer späten Lebenszeit, zum Bild einer zunehmenden Entfernung und gleichermaßen einer ins Magische geratenden Nähe.

Durs Grünbein
Den Teuren Toten

33 Epitaphe
Etwa 48 Seiten. Bütten-Broschur
ca. DM 19,80 / öS 155,– / sFr. 20.80
(August 94)

Durs Grünbein, in den letzten Jahren bekannt geworden mit seinen Gedichtbüchern, zieht sich diesmal ins Halbdunkel ungewisser Autorschaft zurück. Von dort tritt er mehrstimmig hervor als Philologe, Herausgeber, Nachdichter und Kompilator seiner Notizbücher.
Die 33 Epitaphe *Den Teuren Toten* singen das Lob der Entfremdung: Wo gestorben wird, ohne daß man den Toten Gehör schenkt, hat schwarzer Humor seinen Augenblick.

Hans Christoph Buch
Der Burgwart der Wartburg

Eine deutsche Geschichte
Etwa 160 Seiten. Gebunden
ca. DM 29,80 / öS 233,– / sFr. 30.80
(August 94)

Hans Christoph Buchs *Der Burgwart der Wartburg* erzählt vergnüglich und gelehrt eine deutsche Geschichte mit boshaft-ironischem Hintersinn: als Stasi-Schelmenkomödie, schillernde Literaturfarce und Parodie des Spionageromans.

Bibliothek Suhrkamp

Juan Carlos Onetti: Abschiede
BS 1175. ca. DM 16,80 / öS 131,– / sFr. 17.80 (August 94)

Boris Pilnjak: Das nackte Jahr
BS 746. ca. DM 22,80 / öS 178,– / sFr. 23.80 (September 94)

Rachel Queiroz: Das Jahr 15
BS 595. ca. DM 18,80 / öS 147,– / sFr. 19.80 (September 94)

Graciliano Ramos: Angst
BS 570. ca. DM 24,80 / öS 194,– / sFr. 25.80 (September 94)

Clarice Lispector: Aqua viva
BS 1162. ca. DM 16,80 / öS 131,– / sFr. 17.80 (Oktober 94)

Bertolt Brecht: Gedichte über die Liebe
BS 1161. ca. DM 22,80 / öS 178,– / sFr. 23.80 (November 94)

Samuel Beckett: Der Ausgestoßene/ L'Expulsé/The Expelled
BS 1163. ca. DM 16,80 / öS 131,– / sFr. 17.80 (November 94)

André Breton: L'Amour fou
BS 435. ca. DM 18,80 / öS 147,– / sFr. 19.80 (November 94)

Friederike Mayröcker: Das Licht in der Landschaft
BS 1164. ca. DM 18,80 / öS 147,– / sFr. 19.80 (Dezember 94)

Yasunari Kawabata: Die schlafenden Schönen
BS 1165. ca. DM 18,80 / öS 147,– / sFr. 19.80 (Dezember 94)

Marcel Proust: Tage des Lesens
BS 1166. ca. DM 18,80 / öS 147,– / sFr. 19.80 (Dezember 94)

Robert Walser: Der Gehülfe
BS 490. ca. DM 22,80 / öS 178,– / sFr. 23.80 (Dezember 94)

edition suhrkamp

Juan Goytisolo: Ein algerisches Tagebuch
es 1941. ca. DM 12,80 / öS 100,– / sFr. 13.80 (Juni 94)

Sérgio Sant'Anna: Das kosmische Ei
Drei Erzählungen
es 1894. ca. DM 14,80 / öS 116,– / sFr. 15.80 (September 94)

Zulmira Ribeiro: Tavares Familienschmuck
Erzählung
es 1920. ca. DM 12,80 / öS 100,– / sFr. 13.80 (September 94)

Sérgio Buarque de Holanda: Die Wurzeln Brasiliens
es 1942. ca. DM 19,80 / öS 155,– / sFr. 20.80 (September 94)

Oskar Pastior: Das Unding an sich. Frankfurter Poetik-Vorlesungen
es 1922. ca. DM 16,80 / öS 131,– / sFr. 17.80 (November 94)

Nelly Sachs: Ein Lesebuch
Edition Suhrkamp Leipzig
es 1837. ca. DM 19,80 / öS 155,– / sFr. 20.80 (November 94)

Diese hier vorgestellten Neuerscheinungen finden Sie in allen Buchhandlungen. Andernfalls erklärt sich Ihr Buchhändler gerne bereit, jedes von Ihnen gewünschte Buch in kürzester Zeit zu besorgen.
Für weitere Informationen und Prospekte wenden Sie sich an Ihren Buchhändler oder direkt an den Verlag.

Fotonachweis: Sophie Bassouls/Sygma (Louis Begley), Isolde Ohlbaum (Hans Magnus Enzensberger/ Peter Handke/João Ubaldo Ribeiro/Jorge Semprun), Werner Zellien (Durs Grünbein)

Suhrkamp Verlag, Postfach 10 19 45, 60019 Frankfurt am Main. Preisänderungen vorbehalten. 6/94 (99639)

Hans Magnus Enzensberger
Diderots Schatten

Unterhaltungen. Szenen. Essays
Übersetzt, bearbeitet und erfunden
von Hans Magnus Enzensberger
Etwa 400 Seiten. Leinen
ca. DM 42,– / öS 328,– / sFr. 42.–
(August 94)

Hans Magnus Enzensberger hat sich dreißig Jahre lang mit Diderot beschäftigt. Nun legt er das Ergebnis seiner Arbeit vor: ein Buch *von, mit, neben, über* Diderot. Entstanden ist ein ziemlich einmaliges Patchwork von Übertragung, Paraphrase, Fortsetzung, Imitation und Kommentar – alles in allem: eine kritische Huldigung.

Urs Faes
Augenblicke im Paradies

Roman
Etwa 400 Seiten. Gebunden
ca. DM 42,– / öS 328,– / sFr. 42.–
(August 94)

Augenblicke im Paradies: Das sind jene Momente scheinbar unvergänglichen Glücks in der Kindheit – an die wir uns, erwachsen geworden, so wehmütig wie gerne erinnern.
Wie schon in seinem erfolgreichen Roman *Sommerwende* erzählt Urs Faes in einfühlsamer Prosa von Schweizer Vergangenheit und europäischer Geschichte in menschlichen Existenzen.

Ingeborg Bachmann Preis 1994

Reto Hänny
Helldunkel

Ein Bilderbuch
Etwa 180 Seiten. Gebunden
ca. DM 48,– / öS 375,– / sFr. 48.–
Einmalige vom Autor signierte Auflage
in 500 Exemplaren
Etwa 180 Seiten. Leinen im Schuber
ca. DM 128,– / öS 999,– / sFr. 128.–
(August 94)

Ein Forschungsreisender bricht in die eisigen Zonen auf, in denen unsere Zukunft zurechtgelegt wird, und kehrt zurück mit Bildern von schmerzender Deutlichkeit. Reto Hännys *Helldunkel* ist das in Sonatenform gebrachte Ergebnis eines sprachlichen Beschreibungsfurors ohnegleichen.

Kerstin Hensel
Tanz am Kanal

Erzählung
Etwa 140 Seiten. Gebunden
ca. DM 29,80 / öS 233,– / sFr. 30.80
(August 94)

Kerstin Hensel läßt die Lebensgeschichte der Gabriela von Haßlau in Leibnitz erzählen, als Kind, als Schülerin, als Lehrling, als Obdachlose, die sich Papier zusammensucht (Plakatfetzen, Tüten), um ihr Leben aufzuschreiben, das wahrhaft verdient, aufgeschrieben zu werden.
Jetzt, da der unaufhaltsame Abstieg der Familie aus anhaltischem Adel vollendet ist, schreibt sie nicht nur die Gegenwart auf, sie blendet zurück. Eine Mädchenbiographie, ein Blick zurück in ein Land, das es gab.

Bodo Kirchhoff
Der Ansager einer Stripteasenummer gibt nicht auf

Etwa 64 Seiten. Bütten-Broschur
ca. DM 19,80 / öS 155,– / sFr. 20.80
(August 94)

Bodo Kirchhoffs Monolog bringt den Ansager einer Stripteasenummer auf die Bühne. Er verspricht den letzten klassischen Strip auf deutschem Boden. Während Andrea noch auf sich warten läßt, muß dem Ansager etwas einfallen.

Peter Sloterdijk
Falls Europa erwacht

Gedanken zum Programm einer Weltmacht am Ende des Zeitalters ihrer politischen Absence
Etwa 60 Seiten. Bütten-Broschur
ca. DM 19,80 / öS 155,– / sFr. 20.80
(August 94)

Werden Europäer, aus dem Vakuum entlassen und aus der Absence zurückkehrend, es je wieder lernen, »Großes von sich zu fordern« – wie es ihrem unumgänglichen Wiedereintritt in einen Horizont großer und größter Herausforderungen entspräche?

George Steiner
Nach Babel

Aspekte der Sprache und des Übersetzens
Aus dem Englischen von Monika Plessner unter Mitwirkung von Henriette Beese, überarbeitet und ergänzt von Peter Sillem
Erweiterte Neuausgabe
Etwa 500 Seiten. Gebunden
ca. DM 68,– / öS 531,– / sFr. 68.–
(September 94)

Das Problem der Sprache ist für Steiner nicht zuletzt ein persönliches: »Mein Vater stammt aus einer Gegend etwas nördlich von Prag und ist in Wien zur Schule gegangen. Der Mädchenname meiner Mutter, Franzos, verrät elsässische Abstammung. Aber die engere Heimat ihrer Familie war wohl Galizien. (...) Ich habe keinerlei Erinnerung an eine ›erste‹ Sprache. Soweit ich beurteilen kann, sind mir Englisch, Französisch und Deutsch gleich geläufig.«

James Joyce Bilder

Entworfen und gestaltet von Bob Cato
Herausgegeben von Greg Vitiello
Mit einer Einführung von Anthony Burgess
112 Seiten. Leinen
ca. DM 78,– / öS 609,– / sFr. 78.–
(August 94)

Es handelt sich um die aufwendigste und aufschlußreichste Sammlung von Bildern im Zusammenhang mit Joyce – Fotografien, Zeichnungen, Karikaturen, Skulpturen –, die bislang publiziert worden ist.
Versehen mit einem Essay von Anthony Burgess, ist *James Joyce Bilder* die schönste Einführung in die Welt dieser Jahrhundertgestalt, die sich denken läßt.

Cees Nooteboom
Das Gesicht des Auges
Het gezicht van het oog

Gedichte
Zweisprachig
Übertragen und mit einem Nachwort versehen von Ard Posthuma
Etwa 96 Seiten. Leinen
ca. DM 28,– / öS 219,– / sFr. 29.–
(August 94)

»Cees Nooteboom, den der deutsche Leser als Erzähler und Reiseschriftsteller zu schätzen weiß, ist zugleich der Autor eines beträchtlichen lyrischen Werkes. Nooteboom, der Augenmensch und Reisende, der Liebhaber von Fotografie und Malerei, liefert uns keine lyrischen Reiseimpressionen, sondern Meditationen über Sehen und Schauen, eben *Das Gesicht des Auges*.« *(Harald Hartung in der ›Frankfurter Allgemeinen Zeitung‹, zur vorausgegangenen bibliophilen Ausgabe dieses Buches)*

Louis Begley

Juão Ubaldo Ribeiro

Jorge Semprun

Marguerite Duras
Nathalie Granger
Die Frau vom Ganges

Aus dem Französischen von
Andrea Spingler
Etwa 200 Seiten. Leinen
ca. DM 36,– / öS 281,– / sFr. 37.–
(September 94)

Nathalie Granger und *Die Frau vom Ganges*: zwei Filmtexte Marguerite Duras', die aber mehr sind als Texte über Filme oder von Filmen. Denn: »Der Zweifel, das ist Schreiben.«

Marguerite Duras
Schreiben

Aus dem Französischen von
Andrea Spingler
Etwa 64 Seiten. Bütten-Broschur
ca. DM 19,80 / öS 155,– / sFr. 20.80
(August 94)

Ecrire: ein gewichtiger, ein sehr persönlich gehaltener Essay über die Einsamkeit, den Wahnsinn, die Bodenlosigkeit des Schreibens.

Marguerite Duras ist achtzig Jahre alt geworden. Sie schreibt seit mehr als fünfzig Jahren; die Anzahl ihrer Bücher ist respekteinflößend; sie gehört zu den meistübersetzten Autoren der Welt.

Louis Begley
Lügen in Zeiten des Krieges

Roman
Aus dem Amerikanischen von
Christa Krüger
Etwa 220 Seiten. Gebunden
ca. DM 36,– / öS 281,– / sFr. 37.–

Begley erzählt die dramatische Geschichte eines polnischen Jungen im Zweiten Weltkrieg mit dessen eigenen, manchmal märchenhaft, manchmal brutal einfachen Worten. *Lügen in Zeiten des Krieges* ist der erschütternde Roman eines Menschen, der seine Identität und Persönlichkeit so lange verleugnen muß, bis er sie verliert.

»Dieses Buch nimmt einem den Atem.«

Marcel Möring
Das große Verlangen

Roman
Aus dem Niederländischen
von Helga van Beuningen
Etwa 220 Seiten. Gebunden
ca. DM 38,– / öS 297,– / sFr. 39.–
(September 94)

Marcel Möring erzählt in seinem Roman vom Kampf um die Erinnerung an die Kindheit, der Einsicht in den unwiederbringlichen Verlust dieses Paradieses, über die Krise, die daraus folgt und sich in die Frage fassen läßt: »Wohin gehen wir?« *Das große Verlangen* dringt somit zu den »letzten Dingen« vor: zu Freundschaft, Mitleid, Liebe, Sex.

Morris Philipson
Tapete mit Fuchs

Roman
Aus dem Amerikanischen von
Herbert Genzmer
Etwa 260 Seiten. Gebunden
ca. DM 39,80 / öS 311,– / sFr. 40.80
(September 94)

Ein allseits beliebtes Ehepaar wird von der Vergangenheit eingeholt, ein bislang gut gehütetes Geheimnis wird gelüftet – und bald gerät das Paar an den Rand dessen, was eine Ehe auszuhalten vermag. *Tapete mit Fuchs* ist ein spannender, unterhaltender Roman aus dem gegenwärtigen Amerika, ein Plädoyer dafür, daß Menschen, die sich füreinander entschieden haben, auch in Krisen zusammenhalten.

100. Geburtstag im Oktober

Boris Pilnjak
»... ehrlich sein mit mir und Rußland«

Briefe und Dokumente
Herausgegeben und aus dem Russischen übersetzt von Dagmar Kassek
Etwa 350 Seiten
12 Schwarzweiß-Illustrationen. Leinen
ca. DM 48,– / öS 375,– / sFr. 48.–
(September 94)

Boris Pilnjak, dessen Geburtstag sich 1994 zum hundertsten Male jährt, zählt zu den kreativsten russischen Autoren seiner Zeit. 1929 setzt angesichts der Veröffentlichung seiner prosozialistisch-antisowjetischen Erzählung *Mahagoni* eine Verleumdungskampagne ein, die ihn disziplinieren soll. Er widersteht jedoch jahrelang den Repressionen. Unter falscher Anklage wird er 1938 hingerichtet. In den hier vorliegenden Briefen und Dokumenten wird ein russisches Schicksal unseres Jahrhunderts offenbar.

Gustave Rathe
Der Untergang der Bark Stefano

Aus dem Englischen von
Herbert Genzmer
Mit Abbildungen
Etwa 190 Seiten. Gebunden
ca. DM 24,– / öS 187,– / sFr. 25.–
(September 94)

Eine authentische Robinsonade: Am 27. Oktober 1875 sinkt ein Schiff vor der Westküste Australiens. Zwei jugendliche Seeleute werden von den eingeborenen Aborigines gefunden und gerettet.
Gustave Rathes Buch steht in der Tradition der Schiffbrüchigenliteratur und ist doch mehr: Der Leser weiß immer, daß er keine Fiktion liest, sondern eine wahre, eine erlebte Geschichte.

Oswaldo França Junior
Jorge, der Brasilianer

Roman
Aus dem brasilianischen Portugiesisch
von Inés Koebel
Etwa 260 Seiten. Gebunden
ca. DM 24,– / öS 187,– / sFr. 25.–
(September 94)

Jorge, der Lastwagenfahrer, erhält einen schier unmöglichen Auftrag: Er soll eine schwere Ladung mit acht Sattelschleppern in einer weit entfernten Stadt abliefern, und das innerhalb wahnwitzig kurzer Zeit. Jorge macht sich das Unmögliche zur eigenen Sache. Von seiner abenteuerlichen Hindernisfahrt erzählt er uns selbst – und erlebt beim Erzählen alles noch einmal aufs neue.
»Dieser Roman hat die Qualitäten eines mündlich erzählten Volksepos wie *Huckleberry Finn*.« *John Updike*

Tankred Dorst
Die Schattenlinie

Ein Drama
Mitarbeit: Ursula Ehler
Etwa 80 Seiten. Engl. Broschur
ca. DM 26,– / öS 203,– / sFr. 27.–
(August 94)

Malthus, der 68er Bewegung zugehörig, hat eine Ausländerin geheiratet und seine Kinder antiautoritär erzogen. Er muß nun erleben, wie die eigene Familie ihren Zusammenhalt verliert und sein Sohn, der sich rechten Gruppen angeschlossen hat, vor Gericht steht, weil er einen Schwarzen umgebracht hat.

Marlene Streeruwitz
TOLMEZZO.

Eine symphonische Dichtung
80 Seiten. Kartoniert
DM 19,80 / öS 155,– / sFr. 20.80

»Neue Erinnerungen. Die kann nur das Theater noch herstellen. Weil das Theater Unmittelbarkeit behaupten darf. Weil im Theater ein neues, kollektives Jetzt entsteht. Weil in der Kunstform die Wirklichkeit als Splitter nicht die Schilderung von Realität bleibt, sondern sich zu Erkenntnis verdichten kann.«

Marlene Streeruwitz

Tilmann Moser
Ödipus in Panik und Triumph

Eine Körperpsychotherapie
Etwa 190 Seiten. Kartoniert
ca. DM 24,– / öS 187,– / sFr. 25.–
(September 94)

Tilmann Moser setzt mit diesem Buch die Reihe seiner therapeutischen Fallberichte fort, in denen die Psychoanalyse als Redekunst erweitert wird durch die Arbeit mit dem Körper. Der Held oder Anti-Held, Patient oder Protagonist, der Leidende und Handelnde ist in diesem Falle selbst Forscher und Arzt, der den Abstieg in den seelischen Untergrund erlebt wie eine parallele Expedition zur eigenen Forschung in wissenschaftlichem Neuland.

Alice Miller
Das Drama des begabten Kindes

und die Suche nach dem wahren Selbst
Eine Um- und Fortschreibung
Etwa 230 Seiten. Gebunden
ca. DM 34,– / öS 265,– / sFr. 35.–
(September 94)

»Wir ertragen als Erwachsene das Unerträgliche nur so lange, wie wir uns fürchten zu sehen, daß – und wie – wir als Kinder das Unerträgliche ertrugen, diesen Zwang als Hilfe ansehen mußten und uns daran klammerten.
Wenn wir unsere Furcht aufzulösen lernen und die Wahrheit sehen, gelingt es uns, unser Leben frei von inneren Zwängen zu gestalten, furchtlos, verantwortungsbewußt und lustvoll.«

Iso Camartin
Die Bibliothek von Pila

Etwa 260 Seiten. Gebunden
ca. DM 38,– / öS 297,– / sFr. 39.–
(September 94)

»Es gibt Bücher, bei denen du es nicht verhindern kannst, mit in eine Affäre hineingezogen zu werden. Sie setzen dich an einem Ort ab, wo du niemals ohne sie hingelangt wärst. Und bald einmal begreifst du: Die glücklichen und schönen Einsätze deines Lebens verdankst du den Gestalten deiner Lieblingsbücher.« Iso Camartins *Bibliothek von Pila* ist eine Fundgrube für Leser, seine Geschichten über klassische wie moderne Autoren und Bücher sind: Liebeserklärungen ans Lesen.

10. Todestag und 60. Geburtstag

Uwe Johnson

Foto: Barbara Klemm, Frankfurter Allgemeine Zeitung

Wohin ich in Wahrheit gehöre

Ein Uwe-Johnson-Lesebuch
Herausgegeben von Siegfried Unseld
Etwa 400 Seiten. Gebunden
ca. DM 28,– / öS 219,– / sFr. 29.–
(September 94)

Die Bücher Uwe Johnsons, der bei seiner ersten Publikation mit dem Etikett »Dichter der beiden Deutschland« belegt wurde und seit der deutschen Vereinigung zu Recht als der Schriftsteller gilt, der deutsche Identität des 20. Jahrhunderts beschrieben hat, unterbreiten dem Leser Vorschläge, wie deutsche Geschichte zu verstehen sei. Allerdings verfaßte er keine Geschichtsbücher, sondern humorvolle Erzählungen und Romane, an deren Personen zu erfahren ist, in welcher Weise »große Politik« die Menschen beeinflußt. Das vorliegende Lesebuch präsentiert Texte aus allen Schreibphasen Uwe Johnsons.

Die Katze Erinnerung

Uwe Johnson in Bildern und Briefen
Eine Chronik zusammengestellt
von Eberhard Fahlke
Etwa 200 Seiten. Gebunden
ca. DM 38,– / öS 297,– / sFr. 39.–
(September 94)

Anläßlich des 10. Todestages und des 60. Geburtstages von Uwe Johnson hat Eberhard Fahlke ein Bilderbuch komponiert, das konkrete Einsichten in dessen Arbeit, seine Art der Produktion, seine Schreibweise, seine Recherchen, seine Lebens- und Schreibumstände vor Augen führt.

Literatur heute

ein Rotes Programm mit 14 Autoren:
das Spektrum moderner
deutschsprachiger Literatur.
Das Rote Programm mit Büchern von
Reto Hänny
Josef Winkler
Ulla Berkéwicz
Rainald Goetz
Thomas Kling
Werner Fritsch
Durs Grünbein
Norbert Gstrein
Andreas Neumeister
Ralf Rothmann
Urs Faes
Thomas Hettche
Patrick Roth
und
Marlene Streeruwitz
belegt die
spannungsvolle Lebendigkeit
zeitgenössischer Literatur.
Wir wollen noch einmal zeigen, wieviel literarischer Anfang den letzten Jahren innewohnte, mit welcher ästhetischen Vielfalt in Prosa, Lyrik und im Dramatischen die ersten Bücher dieser Autoren auf ihre Zeit reagierten und wieviel Lebenserfahrung dort eingebracht wurde.

(September 94)

Jüdischer Verlag

Gershom Scholem
Tagebücher
nebst Aufsätzen und Entwürfen
1. Halbband 1913–1917
Unter Mitarbeit von Herbert Kopp-Oberstebrink herausgegeben von Karlfried Gründer und Friedrich Niewöhner
Mit etwa drei Faksimiles
Etwa 400 Seiten. Leinen
ca. DM 78,– / öS 609,– / sFr. 78.–
(Oktober 94)

Jüdisches Städtebild Krakau
Herausgegeben von Maria Kłańska
Mit etwa 20 Abbildungen von Stanisław Markowski
Etwa 280 Seiten. Gebunden
ca. DM 56,– / öS 437,– / sFr. 56.–
(Oktober 94)

Juwal Shimoni
Der Flug der Taube
Roman
Aus dem Hebräischen von Anne Birkenhauer
Etwa 190 Seiten. Gebunden
ca. DM 36,– / öS 281,– / sFr. 37.–
(Oktober 94)

Itzik Manger
Das Buch vom Paradies
Roman
Aus dem Jiddischen von Salcia Landmann
Etwa 250 Seiten. Gebunden
ca. DM 36,– / öS 281,– / sFr. 37.–
(Oktober 94)

Jüdischer Almanach 1995
des Leo Baeck Instituts in Jerusalem
Herausgegeben von Jakob Hessing
Etwa 196 Seiten. Kartoniert
ca. DM 28,– / öS 219,– / sFr. 29.–
(Oktober 94)

Bilder von früher, Slowenien

Landschaft von früher, Slowenien

Slowenische Landschaft

eines ununterbrochenen Fortdauerns. Er überzeugte mich von der Ewigkeit, wenn er sorgfältig die Bilder eines sich im unteren Teil des Dorfes auf dem unbefleckten Straßenschotter dahinwindenden Beerdigungszuges von meinen Pupillen löschte.

Der Wind hatte die wundersame Kraft, mir Bilder einer Zeit, die seit langem, sehr langem schon verstrichen war, wieder vor Augen zu rufen, oder auch von bestimmten Landschaften, die sich zwar änderten, doch immer mir gehörten. Alle diese Bilder waren heller und weicher; sie entsprangen einer fortwährenden Bewegung und waren auch der Kontrapunkt der dauerhaften Dinge, die der freche, unsichtbare Wind nie zu erschüttern vermochte. So blieben die Berge sich selber treu; der Wind berührte nur ihre Erscheinung, und auch die Dörfer blieben dort, wo sie waren, im sicheren Schutz der Hänge.

Bei seinen stürmischen Besuchen wurden die Häuser hinter ihrem Bollwerk aus altem Gestein zu angenehmeren Orten, die einen warm empfingen. Über jedem Haus, selbst über dem ärmlichsten, schwebte eine dunkle Rauchfahne, die der Wind in das unendliche Blau auflöste. Nur von Zeit zu Zeit erinnerte ich mich der schönen Bilder dieses geheimen Paradieses, manchmal, wenn ich jemandem über das Haar strich und mir vorstellte, damit die ewige Ordnung der Dinge umzustoßen. Indem der Wind sich in das Tal warf, übertönte er alle Geräusche, mit denen dieses vor mir auftauchte. Und wenn ich in seinem Brausen die Straße erforschte, um nicht das Vorbeifahren eines Lastwagens zu überhören, der einen Wald von Baumstämmen transportierte, konnte ich mir nicht vorstellen, daß sich eines Tages meine Ohren im Winde ausruhen und sich den Tagträumen meiner Kindheit hingeben würden.

Wenn ein heftiger Wind wehte, erstarben alle menschlichen Stimmen, und man konnte nur einige flüchtige Schreie ausmachen, die sich mit dem Ächzen der Bäume und dem Aneinanderschlagen der Äste mischten. Auf diese Weise setzten sich wunderbare Klangbilder in meinem Herzen fest, die ich oft zu Hilfe rufen mußte.

Wo sind nun die Gesichter, fragte ich mich. Wo sind die von den Windstößen auf dem leergefegten Weg geröteten Gesichter, die sich immer irgendwohin auflösten, um endgültig in einer verschleierten Bewegungslosigkeit zu vergehen? Ich erinnerte mich an die hochgeschlagenen Kragen, die bedeckten Ohren, die schweren Jacken, die Schirmmützen, und ich suchte mühsam nach den Gesichtern, zu denen all diese Dinge natürlicherweise gehörten. Ich erinnerte mich sogar noch an einen armen Kerl, der eine grüne Weste aus dem Zweiten Weltkrieg trug – vermutlich die Uniform italienischer Soldaten –, die er nur an windigen Tagen überzog. Manchmal drangen diese Gesichter wie Irrbilder so plötzlich und lebhaft auf mich ein, daß ich Angst bekam. Dann verschwammen sie und hüllten sich in einen durchsichtigen Vorhang, der sich unaufhörlich öffnete und schloß. Dies geschah nur in den langen Nächten der Schlaflosigkeit, wenn alle Dinge ineinander übergingen.

Manchmal wurde ich sogar plötzlich von einer unbekannten Furcht befallen: In den Wirbeln des Windes konnte ich die Geräusche nicht mehr erkennen und bestimmen und stellte mir vor, daß sich mir jemand näherte und mich plötzlich angriffe. In diesen seltenen Momenten der Einsamkeit und der Isolation hatte ich Angst vor unsichtbaren Wesen, die meine fiebrige Einbildungskraft verwirrten.

Aber der Wind wußte mit einer unglaublichen Gerechtigkeit zu lieben. Und wenn er mein Gesicht streichelte, berührten mich die Plastikblicke nicht mehr, die sich auf nichts mehr richteten und bei den anderen nur den Anschein eines Blickes erweckten. Diese Trugbilder erschienen nur den Kindern wirklich oder manchmal auch einem verzückten jungen Mädchen, das in den dunklen Spiegel einer Pupille verliebt war. So eisig die Windstöße auch waren, so beruhigten sie mich doch und verliehen meinem Gesicht eine Bedeutung, einen festen Umriß als Schutz gegen diejenigen, die mir sonst entgegeneilten, und gegen die unzähligen Blicke, die ich vor mir ausweichen fühlte, selbst dann, wenn ich meinem Gesicht unter Anstrengung befahl, sich den mimischen Ausdruck eines Blicks zu geben.

Nur sehr wenigen Gesprächspartnern gelang es, meinem Gesicht dieselbe Ruhe aufzuprägen, die mir der Wind gab, wenn er meinen Blicken im Dunkel Bedeutung verlieh. Ich konnte so auf eine faßlichere Art wahrnehmen und wandte den Kopf nach Gegenständen im Hof, die schon lange aus meinem Gesichtsfeld verschwunden waren. Oder ich richtete meine Aufmerksamkeit auf Dinge, auf die die anderen mich hingewiesen hatten und die durch die Bora deutlich sichtbar wurden.

In den Wind zu schauen wurde so eine meiner Lieblingsbeschäftigungen. Nur in solchen Momenten konnte ich die Fülle der Blicke wachrufen, die die Bewegungen der Dinge, die ich mir vorstellte, der Zweige, die sich bogen im Wirbel der kleinen Kiesel auf der immer weißen Straße, miteinander verbanden. Und wenn ich inmitten der Böen in einer Kurve ein Auto kommen hörte, so wünschte ich mir oft heftig, selbst der Fahrer zu sein und fest das Lenkrad zu umklammern. Ich sehnte mich danach, die Richtung zu halten, wenn die Windstöße auf dem Weg in die Stadt von links kamen, aus dieser Richtung, die mir seit langem schon nicht mehr gehorchte.

Der Wind und die richtige Richtung... auch die Berge nahm ich im Norden wahr, mit einem Wolkenturm in Form einer Fahne geschmückt; so nannten die Leute dieses seltene himmlische Bild. Nein, das war nicht die rote Fahne, die man manchmal ein wenig widerwillig an allen Kreuzungen aufzog. Diese erhabene Standarte wehte nur über meiner Kindheit; unter ihr entstanden und vergingen die Scharen der Bilder, eine Masse von Gesichtern verschwand irgendwohin gen Süden und flog zersplitternd gegen den felsigen Karst, in die flackernde Röte des Vergessens. Aus diesen rötlichen Fragmenten würde ich wieder ein Bild zusammensetzen, das man wiedererkennen und einem milderen Wind überlassen könnte, damit es noch lange umhertriebe vor seiner Auflösung. So spielte ich im Rauschen des Windes stundenlang mit den Bildern, in der angstvollen Erwartung seines Abklingens.

Die Schwalben

Es gibt keine Schwalben mehr, dachte ich eines Sonntags, denn an diesem Nachmittag waren ihre Hände nicht mehr zwischen dem Himmel und meinem Herzen. Das Gefühl, sie am Vorabend berührt zu haben, klang in mir nach und gab mir das fortdauernde Gefühl ihrer Abwesenheit.

Während ich einige alltägliche Dinge hin und her schob, achtete ich auf ihre Temperatur, wie um sie zu vergleichen mit der Wärme der Hände, die am Abend in der Höhlung der meinen gelegen hatten. Ich mußte diesen Vergleich anstellen, um das zu verstehen, was eigentlich selbstverständlich und klar war, um die Begrenztheit einer Erklärung zu begreifen, die mich tröstete. Das Glas des Fensters, durch das der Klang ihrer Schritte zum ersten Mal zu mir gedrungen war, war fast zugefroren und würde sich bald mit Eisblumen bedecken.

Auf der Straße bemerkte ich, daß gar nicht mehr Winter war. Alles war leer, und ich stellte mir nicht mehr vor, daß sie zurückkommen könnte. Beim Nachhausekommen merkte ich, daß ich vergessen hatte, die Heizung auszustellen, die nur einen leichten Anschein von Wärme verbreitete. Und da fühlte ich, wie die Hände des Vorabends sich wieder auf meine Erinnerung zu legen und auf meiner Brust zu lasten begannen.

Jedesmal, wenn ich kam, sagte sie mir, auf ganz gewöhnliche und alltägliche Weise, mit einer automatischen, etwas ausweichenden Geste »Guten Tag«. Sie nahm meine Hände, um mich nach oben zu führen; wir stiegen die Treppe hinauf, ich trat ein, und nachdem sie mit einem ihrer üblichen Seufzer ihre Schlüssel auf das Regal gelegt hatte, kümmerte sie sich um meine Kleider. Schließlich nahm sie ihre Arme wieder an sich und ließ sie irgendwo auf ihrem Körper ruhen.

Ich bat sie um das Heft, in das sie Worte schrieb, die ich für an mich gerichtet hielt. Diese wollte ich spüren, denn es gab nicht die Absicht oder den Wunsch, sie laut zu sagen. Ich gedachte, mit Hilfe meiner Lippen eine Bedeutung zu finden, von ganz Nahem, so, als sei ich von einer starken Kurzsichtigkeit befallen. Der Lektüre der stummen Zeichen ihres Mundes widersetzte sie sich schweigend. Aus dem Gewicht des Heftes, das sie mir reichte, erriet ich die Bewegung, die man macht, um einen tollwütigen Hund abzuwehren oder ihn dazu zu bringen, sich mit einem Teil des Körpers zufriedenzugeben, während man auf Hilfe wartet.

Mit meinem Mund glitt ich dorthin, wohin ihre Finger, die sich schnell zurückzogen, mich führten. Mit meinen Lippen entzifferte ich die Vertiefungen, die der Druck des Stifts auf der Oberfläche des Papiers hinterlassen hatte. Die Rolle eines lächerlichen Analphabeten spielend, fuhr ich Linie um Linie nach und spürte dabei den haßerfüllten Blick, der den verlangsamten Bewegungen meines Kopfes von links nach rechts folgte. Als ich am Ende der Seite angekommen war, berührte ich mit meinen Lippen den

Sehnsucht nach dem Licht

Tisch, als könne ich so den Linien bis zu ihrem Lächeln folgen, das mit einem leichten Anflug von Zynismus gezeichnet war und mich meinen Versuch abbrechen ließ.

Dann sagte mir ihre Stimme: »Laß uns essen.« Ich hatte keinen Appetit und aß nur einige Makkaroni in dem Vorgefühl, daß dieser Abend der letzte sei. Sie wollte diese Beerdigung, die sie als lästig empfand, beschleunigen, und ich wollte mich ihrer würdig erweisen. Dann begann sie, die ersten Sandkörner des Vergessens zu sammeln, doch die Weiße unseres kleinen Sarges ließ mich eingreifen. Nach dem Abwasch setzte sie sich auf den Rand des Sofas... Zigaretten... eine... zwei... Ich weiß nicht mehr... Ich wartete auf eine Gelegenheit, mich ihr zu nähern.

An einer leichten Bewegung nach rechts erkannte ich ihren Atem. Ich ergriff ihre Hand, die einst ein Blick nach den Schwalben gewesen war.

Diese kleinen Vögel... Von den verstreuten Resten meiner längst vergangenen Kindheit vermisse ich sie am meisten. Ich suche sie jetzt oft in den entvölkerten Bahnhöfen meiner Gegenwart und finde sie selten. Die Schwalben sind nirgendwo, sagte ich mir, überkommen von einer unerklärlichen Sehnsucht nach diesen Schönheitsmalen eines entschwundenen Himmels. Ich sehe ihre ferne Spur hinter den Bergen des Südens.

Sie zündete sich eine Zigarette an und übersah einen Augenblick ihre linke Hand, die unbeweglich in der meinen lag und deren Finger den Krallen der Schwalben ähnelten, die im leichten Wind des Mittags auf den Stromleitungen saßen. Ich gab mich dieser flüchtigen Illusion hin, um meine Angst zu dämpfen. Der leichte Druck, der den doppelten Schraubstock unserer Hände mit einer verlogenen Zärtlichkeit zusammenführte, war nur eine Geste der Gewohnheit und der Höflichkeit.

Ich konnte nichts tun, und meine Gedanken wanderten zurück in das Land der Schwalben. Ich sah wieder ihren Abflug, im Herbst, als sie sich neu zusammenfanden, um sich ein wenig gegen die von Norden drohende Kälte zu schützen. Sie erschienen mir lustig, geschwätzig, manchmal beunruhigt, und sie drehten einander die Schnäbel zu, so als wollten sie sich vor ihrer langen, gefährlichen Reise letzte Anweisungen geben.

Ich beobachtete sie gern und suchte die Orte auf, wo sie am zahlreichsten waren. Dies auch, um meine Favoritin zu finden, diejenige, die als letzte wegflog und die sich mir zuwandte und meine geblendeten Augen segnete. Dann folgte ich lange ihrem Flug. Ihre leichten Flügel hoben und senkten sich ohne Pause; und die Wimpern meiner durstigen Augen begannen bald unter der berauschenden Müdigkeit dieser Bläue zu zucken.

Sie kam aus dem Süden und brachte in ihrer Stimme die Schatten einer zu grellen Sonne mit. Der zerbrochene Klang ihrer Stimme rief in mir Strände wach, die in der Hitze brüteten, und, weit entfernt, das Bild eines einzigen Sommers. Ich hatte sie mir kleiner vorgestellt, als sie mir dann in der halbgeöffneten Tür erschienen war. Ein Blick, ein weiterer, und dann unzählige Blicke, die nur schlecht einen Schimmer von Neugier kaschierten. Ich näherte mich ihr, als müßte ich ganz langsam die Dämmerung meiner Einsamkeit verlassen und auf die Lichtung zugehen, deren fast erstarrter Mittelpunkt sie war. Ihre Hände waren stumm, und vergeblich suchte ich nach einer bedeutungsvollen Geste. Während sie auf dem Bett saß, richtete sie nur einige kontrollierte Kopfbewegungen an mich, doch sie sprach ununterbrochen. Eine Frau, eine der Frauen, die all denen ein tägliches Geschenk sind, die glücklicherweise jetzt nicht da waren und einen kurzen Annäherungsversuch nicht gefährden konnten. Die Hoffnung kroch noch über den Boden und warf kaum einmal verstohlene Blicke um sich, wie ein Tier, das die Räder eines vorbeifahrenden Lastwagens verletzt hatten. Sie lehnte alles ab, was ich ihr anbot, den Kaffee, Kräutertee, Alkohol, Kuchen, und gab mir so das Gefühl einer grundsätzlichen Feindseligkeit. Endlich nahm sie eine Zigarette an. Während ich ihr aufmerksam zuhörte, sah ich in der Ferne einige Zeichen des Frühlings, doch der dunkle Klang ihrer Stimme schattierte das Bild zu stark, das auftauchen wollte und das nicht deutlich genug war, als daß ich die Konturen hätte erkennen können. Und dann das unerwartete Lachen, das sich in ein Lächeln flüchtete, von dem ich mir wünschte, es möge andauern, und das dann plötzlich erlosch.

Hinter den Kastanienbäumen erschienen auf dem Vorhang des Himmels winzige schwarze Punkte, die begannen, unzählige unregelmäßige Bögen zu zeichnen, wie ein Gitterwerk, das sich auflöste, das den eigentlichen Grund seiner Existenz vergessen hatte, um nicht länger das Klopfen meines Herzens gefangenzuhalten. Ich freute mich und lief schnell zum Scheunentor, um es zu öffnen, bevor es zu spät wäre und die Vögel, unbekümmert in ihrer Freiheit, aus Versehen ihr Nest nicht fänden.

In einer dunklen Ecke der Scheune versteckt, wartete ich mit angehaltenem Atem auf den ersten Vogel. Es roch nach Holz, nach Heu und nach dem Staub, aus dem sich, von den Sonnenstrahlen emporgehoben, goldene und silberne Wirbel bildeten, so als wollte die Luft ihr Festgewand anlegen. Während ich auf der Lauer lag, verlor ich jeden Begriff der Minuten oder auch Stunden, die verstrichen.

»Du langweilst mich!« Die Stimme dicht neben mir ließ mich plötzlich aufschrecken und seufzte gleich noch einmal: »Du langweilst mich!« Ich schwieg und starrte dumm in die Richtung, in der ich sie vermutete. Ihr gegenüber fühlte ich mich weder als Liebhaber noch als vertrauter Freund. Ich kam mir nur wie eine unwichtige Figur in einem Theaterstück vor, dessen Inszenierung ohne Zwischenfall zu Ende gehen würde. Ein Recht auf Wiederholung der Aufführung gab es nicht. »Du langweilst mich!« sagte sie noch einmal. Vorher amüsierte ich sie, jetzt langweile ich sie. Zwei Gesichter desselben Clowns. Vorher war ich der Narr gewesen, der ihr die Krone des Festes unserer Liebe auf den Kopf gesetzt hatte. Gewiß hatte ich mich damit zu sehr beschäftigt, indem ich in ihr Diadem immer wieder neue Strohhalme geflochten hatte, die ich von meinen Schwalben nahm. Ganz benommen von dieser kniffligen Arbeit, hatte ich geglaubt, ein Unterpfand in die Hand zu bekommen für eine Zeit, in der die Privilegien weitgehend auf Gegenseitigkeit beruhten. Zwei sein, und diese magische Zahl in der Verbindung unserer zwei archaischen Einheiten wiederholen, um ortlos und zeitlos zu sein, um unsere eigene Zeit zu erschaffen und einen einzigen Ort zu besetzen. Ohne darüber nachzudenken. So waren wir vielleicht Kinder in der Fülle des Augenblicks.

Einer der Torflügel stand weit offen und ließ in den Halbschatten nahe der Mauer das helle Licht des Tages dringen. Ich bewegte mich kaum auf meinem Wachtposten, um sie bei ihrem Erkundungsflug nicht zu stören. Mein grenzenloses Verlangen sah sie unter den am Balken hängenden Nestern schon einen ersten Kreis ziehen. Sie zögerte, als wollte sie meine Hartnäckigkeit auf die Probe stellen. Ich hatte weder Hunger noch Durst und hätte ihren Launen noch bis zum Sonnenuntergang widerstanden. Aber so war sie nicht. Sie konnte nicht so sein, dachte ich. Es gab für sie keinen Grund, mir weh zu tun, keinen menschlichen Grund. Trotz meines Vertrauens in ihre Freundlichkeit verwandelte sich mein Warten in ein stummes Gebet, das ich zu einer dafür bestimmten Zeit nicht sprechen könnte, das jedoch an diesem erhabenen Ort meiner Kindheit ganz leicht aus meinem Herzen strömte. Ich erinnere mich nicht mehr an die Worte, sie waren nicht vorgegeben... Ich habe sie nie auswendig gelernt, sie waren nicht wiederholbar – wie jedes Gebet, das man zu seinem eigenen Heil erfindet. Als der Morgen sich zum Mittag öffnete, bemerkte ich auf dem Boden vor der Tür einen flüchtigen Schatten. »Ist sie es? Ist sie es, die Botin der Bläue?« so ging es mir stechend durch den Kopf. »Sie ist es«, wiederholte das Echo in meiner Brust.

Ihr Seufzen sagte mir, daß mein Dienst als Clown nun zu Ende ging. »Du langweilst mich«, sagte ihr Körper, der im Schraubstock des Sessels eingezwängt war und den ich zum Teil für den meinen hielt. Doch in Wirklichkeit waren diese Eindrücke nur letzte Versuche, mich an eine sinnlose Hoffnung zu klammern.

Nach einer ersten Zigarette war ich von einer schwachen, wenn auch ungewissen Zuversicht erfüllt. Zwischen ihrer Stimme am Telefon und ihren lebhaften Worten gab es einen Widerspruch. Geschützt durch die telefonische Distanz, hatte sie mir das Echo der Vorsicht zurückgesandt. Mit dem bißchen Mut, der angesichts einer Niederlage aufsteigt, beschloß ich, mich ihr zu nähern. Neben ihr, noch erschöpft von der langen Durchquerung des Raumes, der durch ihr Mißtrauen abgesteckt war, versuchte ich, ihre Hand zu nehmen. Dies war keine natürliche Geste, sondern ein brutaler Eingriff in die Ordnung der Dinge, eine Überschreitung, eine Transgression. Ich kannte das Risiko eines solchen Schrittes, der das Schillern der Blicke durch ein stummes Ja oder Nein ersetzen wollte. Das war ein tödlicher Irrtum, sagte mir die Wärme ihrer Hand. Um der Absurdität dieses Augenblicks zu entkommen, dachte ich an die Margeriten und deren unsichtbare Blütenblätter, die den Boden bedeckten und eine weiße Linie von meinem bisherigen Platz und bis zu dem an ihrer Seite zogen. Von einer plötzlichen Angst befallen, flehte ich die Margeriten noch dringlicher an und wartete auf ein Ja oder Nein. Meine Sehnsucht nach ihnen war so stark, daß sie das ganze Zimmer mit ihren Blütenblättern hätten füllen und uns mit ihrem feuchten Schaum hätten zudecken können.

Ich wußte jedoch, daß meine Anrufung zu nichts führen würde. Meine Annäherung war ein Fehler und nicht wiedergutzumachen. Irgendwann würde sie sich daran erinnern und mich um die Gutschrift einer Schuld bitten, die ich nicht anerkennen konnte. Ich rief die Margeriten vergeblich an; verborgen hinter den Blütenblättern, erreichten meine verwundeten Blicke gar nichts. Obwohl ich sie begraben wußte unter den Wiesen, die meine Kindheit niedergetreten hatte, dort, wo sich einst ein Margeritenteppich bis zum Fuß des Hügels erstreckt hatte, wollte ich meine Blicke vergessen, verleugnen und dieses Bild auslöschen. Ich wollte den Schwalben Platz machen, die diesen verwüsteten Friedhof nicht kannten.

»Du langweilst mich«, beharrte sie. Also entschloß ich mich, sie ein letztes Mal zu unterhalten. Ich sprach ihr von der Poesie und zitierte einige Dichter. Von der Magie der Wörter erhoffte ich einen Aufschub der Auflösung, und ich suchte in meinem Gedächtnis nach den schönsten Texten, die sich dazu eigneten. Ich nahm sie mit auf eine lange Reise von der Alhambra nach Duino, von Ravenna nach Prag, von Persepolis nach Athen. Es war zu spät. Nichts auf dieser Welt konnte ihre verlöschenden Gefühle neu entfachen. Unsere Geschichte war nicht so poetisch. Wozu also all diese Versuchungen, diese Versuche, sagte ich mir am Ende meines Vortrags. Sobald das Alltägliche sich mit Gleichgültigkeit paart, kann die Poesie es nicht retten. Sie selbst begriff ihre Zeit als einen unaufhörlich fließenden Text, und vor diesem Hintergrund erschien der Nachdruck meiner Worte als ein Pleonasmus, der fehl am Platz war. Mit Bedauern und einem gewissen Widerwillen verschloß ich meine Erinnerungen; ich hatte Lust wegzugehen. Anderswohin. Dunkler zerfloß der flüchtige Schatten auf der Schwelle zur Scheune, und im Innern erklang das Gezwitscher der Botin, die ich herbeigesehnt hatte. Lange drehte sie immer kleiner werdende Kreise und setzte sich endlich auf den Rand des Nestes. Sie mußte das Nest wieder herrichten und sah mich nicht oder tat, als sähe sie mich nicht. Nach einer kurzen Rast flog sie in den Hof, um ihren Fund bekanntzugeben. Die anderen Vögel näherten sich nach kurzer, lärmender Debatte. Meine Wünsche waren erhört worden, mein Traum beinah wahr geworden.

Anne leerte ein Glas Wasser und ließ mich den Widerwillen spüren, den ihr meine ungeschickten Zärtlichkeiten verursachten. Ich reichte ihr auch mein Glas und hob es an ihren Mund. Ein Fehler nach dem anderen; und doch nur die unbeabsichtigte Folge meiner Zuneigung. Ich konnte nichts dafür. Sie glaubte weder an Gott noch an eine wie immer flüchtige Vergegenwärtigung und stieß die Hostie ebenso heftig zurück, wie sie mich von sich gewiesen hatte. Meine Anbetung wurde durch ihre uneingestandenen Vorbehalte angespornt und nahm groteske Formen an. Schließlich begann ich, die Rolle des

Beichtvaters zu übernehmen, die sie mir nach dem Fiasko unserer ersten Nacht zugewiesen hatte. Sie spielte mit und überschüttete mich mit ihren Schmerzen mit derselben Nachlässigkeit, mit der man morgens den Mülleimer leert. Ich spiegelte mich in ihren Pupillen und hätte durchsichtig sein können, wäre da nicht ihr außerordentlich starkes Gefühl der Barmherzigkeit gewesen, das sie von Anfang an für mich mobilisiert hatte.

Der Abend kam, und meine Gedanken waren bei den Schwalben, die die erste Nacht, in der sie sich ausruhen konnten, neben mir verbrachten, auf den leeren Zweigen meiner Jugend. Alles sang in mir, als ich dort auf einem Baumstamm saß, in Betrachtung der Nacht, die sich herabsenkte.

Alles, was ich sah, hatte zwei Seiten: unter der Decke die schlafenden Tiere, über dem Gebirge die Sterne, die, mit dreieckigen Flügeln versehen, auf mich zuzufliegen schienen. Nein, dies war noch nicht das Paradies, aber ganz sicher die ersten Stufen dorthin. Ich erklomm sie mit großen, vom Glück beflügelten Schritten. Nichts zu machen, sagte mir ihre zum Verzweifeln ausdruckslose Hand, während sie nervös ein wenig die Beine verschob. Ich war entschlossen, nicht mehr zu meinem Stuhl zurückzukehren. Ihr besänftigtes Seufzen machte meine bleiernen Flügel leichter und verleitete mich zu einem neuen Versuch. »Kann ich ein Porträt von dir machen?« flüsterte ich.

»Du, ein Porträt?« fragte sie ironisch.

»Ja, ich mache Porträts. Das ist eine Arbeit, der ich

Sehnsucht nach dem Licht

mich seit langen Jahren widme. Im Laufe der Zeit habe ich darin eine gewisse Meisterschaft erlangt, die mich jedoch vor jedem neuen Modell im Stich läßt.« Dies weckte ihre Neugier. Von den Erklärungen, die ich ihr gab, verstand sie nichts, aber sie stimmte zu. »Schließ deine Augen«, sagte ich. Mit meinem Mund auf ihrem Gesicht, begann ich zu zeichnen: die Stirn, den Haaransatz, die Augen, die Nase, die Wangen, die Ohren und schließlich, mit einem leichten Umweg über das Kinn, ihre Lippen... »Hier ist dein Bild. Es gehört dir. Du kannst es niemandem geben.« Sie blieb lange Zeit stumm. Ich wollte vor dieser neuen Ikone niederknien, bevor sie sich auflösen konnte. Der flüchtige Augenblick ihrer Erschaffung machte sie verletzlich. Es ist mir immer schwergefallen, genug Licht in mich aufzunehmen, und ich wünschte mir heftig, daß sie unbeweglich bliebe, daß sie sich nicht dem ersten Anhauch des Alltäglichen beugte.

Halb ausgestreckt an ihrer Seite hörte ich den Sturmwind, der draußen losbrach. Die Blitze erschreckten sie, und sie sagte mir ohne besonderen Grund, daß sie in mir einen Teufel sähe.

Aus meiner unbequemen Position an ihrer Seite in die Rolle des Teufels – das schien tatsächlich übertrieben. Nun war ich also ein Teufel, trug womöglich einige teuflische Züge, und dann sagte sie: »Wenn es blitzt, ist draußen ein herrliches violettes Licht.« Ganz plötzlich wurde mir etwas klar, und ich war erstaunt, daß ich nicht schon früher darauf gekommen war.

Als routinierte Verkäuferin ihrer eigenen Bilder hatte

sie sich einen abgemessenen und begrenzten Lichtvorrat angelegt, den ihr ihre Bewunderer widerspiegelten, wenn sie sie fotografierten. Jeder Tag stellte so eine bestimmte Anzahl von hellen Perlen dar, die sie an ihrer Kette befestigte. Selbstverständlich war gelegentlich eine kleine Variation dieser verblüffenden Monotonie erforderlich, und diesem Zweck entsprach ich besonders gut. Gegen meinen Willen hing mir das Wort Teufel an. Ich suchte es zu verstehen. Es ist wahr, daß ich dem Dunkel verhaftet blieb. Meine Haut warf keine sichtbaren Reflexe zurück, aber dies doch auch, um ihr Schatten zu bieten, um ihre Augen ausruhen zu lassen und ihr Verlangen nach vergnüglichen Nächten zu dämpfen. Doch sie hatte recht, denn in der Rolle des Dämons war ich gezwungen, sie heimzusuchen in der verzweifelten Leere ihres Begehrens.

Am Morgen eilte ich in die Scheune, wo die feuchte Kälte verging unter den Sonnenstrahlen, die langsam hereindrangen. Die Vögel waren nicht mehr da. Sie sind nicht so faul wie ich, warf ich mir vor, während ich auf den Hof ging, um den Himmel abzusuchen. Der Tag war hell und klar, die Berge lagen unbeweglich in der Ferne, grau und rauschend, während sich der »Königsberg« mit einem dunklen Blau überzog, das sich nach Süden, in Richtung Kras, auflöste. Ich heftete meine Augen auf die grenzenlose Ebene, bis ich kleine farbige Wirbel wahrnahm, die sich in der Ferne auflösten. Plötzlich wurde ich von einem so starken Gefühl ergriffen, daß ich ohne Furcht und Bedauern hätte sterben können. Es schien mir, als hätte ich die Ewigkeit nur geträumt, denn nur kurz war ich von Erstaunen und Sehnsucht erfüllt. Die Schwalben saßen wieder zusammen auf den Parallelen der Stromleitungen. So wie sie dort saßen, erinnerten sie mich an eine musikalische Partitur, deren Geheimnis ich entziffern wollte, die Melodie meines Schweigens. Einige Augenblicke später flogen sie davon, um in langen Ellipsen dahinzugleiten, die den Maulbeerbaum, den kleinsten Baum des Hofes, streiften. Ich folgte ruhig ihrem Flug und vergaß sogar meine Furcht, daß sie sich, indem sie zu niedrig flögen, den Gefahren der Erde, den Risiken der Nähe aussetzten. Nur ich war ihnen nicht gefährlich.

Anne hatte ein schönes Gesicht, und ohne die leichte Bewegung ihrer Lippen hätte ich mich einer Renaissancemadonna gegenüber glauben können. Dieser Eindruck verschwand, wenn ich mir das Lächeln vorstellte, das die so schöne Form ihres Mundes zeichnen könnte. Und ich träumte schon von den unendlichen Retuschen, die meine Küsse dort vornähmen, um dessen Regelmäßigkeit zu verherrlichen. Ihr Gesicht schien zu einer solchen Aufgabe herauszufordern, und ich wußte, daß ich dem schwer widerstehen könnte. Ich klammerte mich an das kleinste Zeichen ihrer Lippen. Vielleicht waren diese Lippen die Ufer, an denen ich, in einem Meer von Gleichgültigkeit, anlegen könnte. Ich zögerte und zwang mich, mich zu beherrschen. Doch das war unmöglich. Der ungleiche Kampf zwischen dem verzaubernden Rot und den strengen Verboten erschöpfte mich: Das Rot trug den Sieg davon. Vergeblich flehte ich

Sehnsucht nach dem Licht

die Kerkermeister des Vergessens an. Diesem Rot gegenüber war ich hilflos, geschwächt von einem Feuer, das endlos geschwelt hatte, so als verlösche es wider Willen. Umsonst; sein Ansturm überstieg meine Kräfte, und ich mußte nachgeben. Der unerträglich schöne Kuß, den ich ihr gab, hatte den Geschmack der Ewigkeit. Erst danach faßte ich mich wieder. Anne brauchte lange, bis sie auf das Ziselieren meiner Lippen antwortete, doch schließlich reagierte sie mit dem wilden Instinkt der Schwalbe.

Die Scheunendecke war von waagerechten Balken durchzogen, auf denen die Bodenbretter des ersten Stocks lagen. Dort lagerte man das Heu. Die schlecht verlegten Bretter ließen am Rand ein schwaches Licht eindringen. Die Balken waren so groß, daß die Vögel dort ihre Nester bauen konnten. Von unten konnte ich nur die Köpfe der größten ausmachen; die der kleinen erschienen erst bei der Ankunft der Mutter, die ihnen eine Fliege oder ein anderes Insekt brachte. Dann kamen mehrere gelbe Dreiecke an den Rand des Nestes, um den gefüllten Schnabel zu empfangen. Sobald dieses hastige Geschnäbel vorbei war, tauchten die schwarzen Köpfe wieder im Nest unter, und die Mutter flog davon. Diese fortwährenden Szenen liebevoller Fürsorge beobachtete ich gern; sie waren meine Einweihung in den Kuß. In der Scheune fand die Zärtlichkeit dieser Tage den ihr bestimmten Ort, fand ihre Zuflucht, und ich merkte, wie sich in mir schweigend das Gefühl der Ruhe ausbreitete. Ein Schwindel umfing mich, und ich wußte, daß ich dies nie, zu keiner Zeit, an keinem Ort, vergessen würde. Ich war noch ein Kind und wußte nicht, was ich davon halten sollte, doch mein Herz gewährte ihm Asyl.

Anne stand auf und ging schnell zum Fenster. Von der Mächtigkeit der Dunkelheit erschöpft, ertränkte sie ihre Pupillen im Violett. Sie hätte im Blick eines unerwarteten Besuchers vergehen mögen, um ihren Körper von dem lästigen Ort zu entfernen, den sie mit mir teilte. Als sie sich wieder setzte, machte sie auf mich den Eindruck einer Schlafwandlerin, die ohne Zwischenfall wieder in ihr Bett gefunden hat. Ich versuchte, mir ihre Träume vorzustellen, ihre Blicke, die sich auf etwas richteten, aber es gelang mir nicht. Das Fenster ging auf einen Hof und vielleicht auf Dächer in der Ferne. All dies war sehr abstrakt, mit Ausnahme der violetten Tupfer zwischen ihren Wimpern, die ich zu erahnen begann. Der Wind rüttelte am Dach und legte sich mit großem Druck auf die Fenster, bis ihm zum Hof hin der Atem ausging. Endlich riß ich mich aus dem Warten, hinter dem ich mich verschanzt hatte. Meine Hände suchten ihr Haar. Ihr gebeugter Kopf ließ einen Weg zwischen den Zöpfen frei, den meine Finger fanden. Naiv machte ich mich daran, den Wind nachzuahmen, der durch den Sand in seiner Bahn verlangsamt war, auf seinem Weg in die Mähne der Bäume, und sein Rauschen im Gebüsch. Mit ihm zusammen blies ich, verblies den Rauch ihrer Augen und strich mit einer sanften Brise über die Hitze ihres Nackens. Ich kämmte und verwirrte ihr Haar und streichelte es mit meinem Handrücken. Meine Finger wurden zu Zinken eines biegsamen und durchsichtigen Kammes. Meine Finger taten das Richtige. Ihr Atem blieb regelmäßig. Es schien, als sei er durch einen Computer reguliert, der den Erfolg meiner Anstrengungen von vornherein vereitelte. Der magische Kamm begann nach unten zu gleiten und ruhte auf ihren Hüften. Verbissen glaubte ich weiter an Zauberei, und meine Gedanken riefen die Farben zu Hilfe, die vielleicht beständiger waren und realer als die Magie des Windes. Ich war mir der Gefahr wohl bewußt und sann der möglichen Palette der Farbtöne nach, bevor ich einen nach dem anderen auf den Rand meiner Küsse setzte. Ich spielte den Hypnotiseur und träumte vom nächsten Wunder; und je deutlicher ich spürte, wie das Violett des Sturms heranzog, desto mehr überzog ich ihr Gesicht mit Farben. Doch dieses blieb glatt und nahm nicht die geringste Schattierung an. Dieser Aufgabe war ich vollkommen hingegeben und vergaß die bunten Pfützen, die die Leere zwischen uns auszufüllen begannen. Ein Stacheldraht zog sich zwischen uns hoch, hinter dem ich kaum noch ihren auf das Fenster gehefteten Blick wahrnahm. Ihr erster Kuß war zugleich der letzte. Er war der eigentliche Ausdruck ihrer selbst und gehörte nur ihr. Leicht und flüchtig, enthüllte er mir ihre Wünsche und die Wahrheit über ihre Beziehungen zu den Männern. Ohne das geringste Mißtrauen machte ich mich auf die Suche nach anderen Küssen, anderen Zärtlichkeiten. Auf dieser langsamen Wanderung vergaß ich den Schmerz der Vorahnung, den ich bei der ersten Berührung ihrer Lippen empfunden hatte. Und doch war aus ihrer Art zu küssen eine kaum verhohlene Technik, eine Routinearbeit herauszuspüren. Ihre Lippen öffneten sich auf Anhieb und begannen ihr eigenes, abgetrenn-

Sehnsucht nach dem Licht

tes Leben. Sie lenkte eine winzige Flamme dorthin, um die Glut zu schüren, ohne den Rest in Brand zu setzen. Meine kurzen Streifzüge zu den Brüsten blockierte sie durch eine irreführende Umleitung, die mich aufs neue zum Mund zurückschickte. Das allerdings war schön. Sie telefonierte nach einem Taxi und verschwand in Eile. In einer friedlichen Nacht, die von ihrem Bild geprägt war, blieb nur die Spur ihres Duftes zurück.

Unsere Geschichte verfliegt, sagte mir eine innere Stimme, als ich wieder zu mir kam und mir klar wurde, daß sie nach Hause gegangen war. Für meine Schwalben waren die Tage nicht alle gleich. Wenn es schön war, flogen sie auf der Suche nach Nahrung weit hinaus; in diesen Momenten war ihre Gegenwart eher ein Wunsch als eine Gewißheit.

Oft war ich von der Sonne zu sehr geblendet, um auf meinem Beobachtungsposten zu bleiben: auf der Hofmauer, auf dem Gipfel der Kastanie, auf dem Dach oder einfach unterwegs auf dem Fahrrad, auf der Schotterstraße, die in die Welt hinein führte. Am ersten Mai tanzten die Dorfbewohner am Fuße des Hügels zum Klang einer Kapelle. Auf der Tanzfläche, die mit Wimpeln geschmückt und mit Zweigen zum Schutz gegen die Sonne besteckt war, wimmelte es von Menschen. Alle waren fröhlich und tanzten unermüdlich Walzer und Polka. Wir Kinder waren zu klein, um daran teilzunehmen; wir konnten nur unsere Köpfe gegen die Absperrungen drücken und in den abgesperrten Platz hineinwinken. Ich hielt mich gern abseits. Am liebsten kletterte ich auf einen Baum, um nicht so klein zu sein. Von dort aus konnte ich durch das Blattwerk hindurch den Himmel absuchen. Manchmal glitt eine schwarze Spur in die Helle zwischen den Blättern. Durch die Zweige hindurch ähnelten die Schwalben unermüdlichen Schnittern, die mir ohne Unterlaß die unsichtbaren Garben des Himmels in die Arme warfen. Mitten im Baum konnte ich verborgen bleiben und die Umgebung beobachten. Die Vögel tanzten in großen Kreisen und schienen darüber erstaunt zu sein, so viele Menschen unter sich zu sehen. In diesem Raum zwischen Himmel und Erde ist es mir nie gelungen, das Gewicht der Erde vollständig abzuschütteln. Abends wurden die Lampen angezündet, um das Vergnügen zu beleuchten, und dies war nun die Zeit der Revanche für die Kinder. Oben vom Hügel herab warfen wir Leuchtraketen, die wir mit dem Pulver aus alten Minen und Granaten gefüllt hatten. Die Erwachsenen wendeten neugierig die Köpfe den aufstrahlenden Lichtern des Hügels zu. Am Abhang warfen die Eichen bedrohliche Schatten, die sich unvermutet bewegten.

Anne wohnte in einem schönen Stadtteil. Mein Weg führte mich selten dorthin, und wenn, dann nur aus praktischen Gründen oder wegen irgendwelcher Verwaltungsangelegenheiten. Die telefonische Verbindung verschaffte mir die Illusion der Nähe ihrer Wohnung, einer Nähe, die durch ihre samtene Stimme in meine Stadt eindrang, zumindest den Teil, der mir zugänglich war. Der Einklang meiner Seele und das mit den Hoffnungen gewachsene Vertrauen verwehrten es mir, diese perfiden

Spielchen zu durchschauen. Nach einigen versteckten Andeutungen lud sie mich zum Abendessen ein. Wir verabredeten uns. Weil ich zu einer Frau unterwegs war, erschien mir der Weg dorthin erstaunlich kurz. Es kommt selten genug vor, daß man dorthin geht, eher kommt man von dort zurück, immer wieder. Mit Hilfe einiger anonymer Hände – manchmal waren sie freundlich – fand ich den Weg, der zu ihrer Metrostation führte. Von allem ausgeschlossen, hörte ich den Schritten zu, die sich näherten und sich entfernten. Der Sprühregen legte sich auf mein Gesicht, und ein unangenehmer Wind kündigte mir an, was mich erwartete. Als sie kam und mich begrüßte, küßten wir uns nicht, einmal abgesehen von dem angedeuteten Kuß, den ich ihr auf die Hand drückte. Eine Gewohnheit, aber auch das Erbe einer anderen Kultur. Den Bewegungen ihres Körpers, der leichte Schritte auf das glatte Trottoir setzte, folgte ich aufmerksam. Ich war vollkommen von diesen Eindrücken gefangengenommen und rutschte fast aus. Wir nahmen Raum für zwei ein, zu zweit, gemeinsam. Ich kannte diese Gesten, die überall die gleichen sind, nur zu gut. Doch dann ließ das Geräusch ihres Schlüsselbundes mich zusammenzucken. Wir stiegen die Treppe hoch, sie vor mir, ich hinter ihr, bis zum letzten Stock. Vor ihrer Tür suchte sie aufs neue nach ihren Schlüsseln, die doch dieselben waren wie unten; aber es ist wahr, daß sie Zutritt zu einem Ort verschafften, den sie abgeschirmt hielt. Ihre Wohnung lag unter dem Dach. Es gab einen Balken in der Mitte und ein Mezzanin, zu dem man über eine Leiter gelangte. Ich betrat ihre Wohnung andächtig und zog sogar meine

Die Bilder von Paris

Schuhe aus, wie ich es früher in der Moschee von Beg in Sarajevo gemacht hatte. Anne bewegte sich nicht mehr, und wenn mich ihr Atem nicht gestreift hätte, hätte ich glauben können, sie wäre nicht mehr da oder tot. Ganz plötzlich wurde ich von großer Angst befallen. Dieses Gefühl habe ich oft bei Menschen, die mir lieb sind; diese Angst bannt vielleicht eine zu große Trauer oder nimmt diese in Gedanken vorweg, so daß man dem tatsächlichen Tod mit Hilfe einer bereits eingeübten Traurigkeit begegnet. Dennoch wußte ich, daß Anne wieder zum Leben erweckt, daß ihr Durst von anderen flüchtigen Küssen gestillt werden würde. »Nächste Woche muß ich jemanden sehen, einen Freund«, sagte sie mir. »Ich werde dafür sorgen, daß unsere Beziehung geklärt wird, ich werde ihn herausfordern.« Dann verstummte sie. Ihre Worte erreichten mich nicht. Um ihr anzudeuten, daß ich zustimmte, neigte ich den Kopf. Nach einem Moment des Schweigens drückte sie sich leicht gegen mich. Verwirrt durch diese Geste und in dem Versuch, mir den Weg zu ein paar Zärtlichkeiten zu bahnen, fing ich an, ihr einige fremde Worte ins Ohr zu flüstern. Sie hörte mir zu und schien mich fast zu verstehen.

Das ermutigte mich, und ich begann, ihre einige Bilder zu beschreiben: die Bäche, die weißen Kieselsteine am Boden der kleinen Wasserfälle, die vom Regen feuchte Straße, die Raben in den Pappeln, den Kiefernwald im Morgengrauen, die Vogelscheuche in den Weinstöcken. Ich erzählte ihr von verschlafenen Dörfern, von Bauern, die im Frühjahr über ihre Feldarbeit gebeugt waren, ich erzählte ihr... ich erzählte ihr... »Sprich zu mir in meiner Sprache«, protestierte sie mit einer Stimme, die ihren eigenen Ursprüngen nachhorchte. Dies war für mich ein heiliges Gebot, und ohne zu überlegen sprach ich wieder in der vertrauten Sprache.

Allmählich gelang es mir, die Bilder, die ich schön fand, in ihren Raum zu verpflanzen. Gleichwohl hatte ich Angst vor dem Ausgang dieses etwas groben Umpfropfens. Der Wortstrom, der sich nun in ihrer eigenen Sprache über sie ergoß, war von Zögern und Stottern unterbrochen. Einen Moment lang hielt ich ihre Sprache auch für die meine, denn unsere Gespräche fanden nur durch sie statt. Im armseligen Schweigen der Gesten wurde der Unterschied zwischen Worten und Gebärden unüberbrückbar, und langsam begann ich, das zu begreifen.

Auf ihren Drähten hockend, führten die Vögel unendliche Gespräche. Gespannt auf ihre plötzlichen Umschwünge, tat ich, als verstände ich alles und würde nichts mißverstehen. Jede Schwalbe erzählte ihre eigene Geschichte. Eine kleine, auf dem unteren Draht, berichtete mir von Rom, wo sie zwei Liebende auf der Via Appia überrascht und ihnen ihren winzigen Schatten angeboten hatte. Ihre Nachbarin hatte Jerusalem überflogen und sprach von den ungläubigen Blicken der Pilger, die unter ihren Flügeln voller Sehnsucht die Mauern streichelten. Die obere Schwalbe kannte Venedig und hatte von den grellen Reflexen des Sonnenlichts Augenschmerzen zurückbehalten. Diejenigen, die aus Athen und Konstantinopel zurückgekehrt waren, waren weniger geschwätzig: eine war enttäuscht und suchte immer noch die Schönheit der zerstörten Tempel; die andere verstand nicht die Spuren der Sehnsucht auf den Fenstern des Serails, die niemand mehr öffnete. Und noch eine andere, die Karthago besucht hatte, erzählte von den geopferten Haaren... Weiter... so rief mein kindliches Verlangen.

Anne war eher geschwätziger Natur und tat, als sei sie bereit, über alles zu sprechen. Sie sprach besonders über das, was sie nicht wirklich berührte. Auf mich machte sie den Eindruck einer auf eine bestimmte Frequenz eingestellten Lügenmaschine. Ich wußte nicht, wie man diese bediente, und saß unversehens in der Falle. Unser eigentliches Mißverständnis betraf den Wert und das Gewicht der Worte, die wir aussprachen. Mit ernster Miene, klug und intelligent, sprach sie zu mir über das Leben. Sie aß, während sie nachdachte, sie verdaute etwas, während sie grübelte, bewegte sich, während sie Beobachtungen anstellte, und atmete im Takt eines unsichtbaren Metronoms. Sie sah und fühlte Dinge, indem sie sie voraussah und vorwegnahm. Sie verdiente es durchaus, Gegenstand der unendlichen Träume ihrer Verehrer zu sein. Ich hörte ihr oft zu, manchmal aufmerksam, manchmal im Halbschlaf. Als eine unerschöpfliche Quelle der Bezauberung sprudelten ihre Worte vom hohen Ort der Wahrheit herab, der ich meine ganze Anerkennung und demütige Zustimmung darbrachte. Daran schloß sich ein nachdenkliches Schweigen an, das wie ein magischer Salzstreuer dem, was ich hören konnte oder zu hören glaubte, überhaupt erst Geschmack verlieh.

Bei Anne lernte ich, den schweigsamen Intervallen einen Sinn zu verleihen, sie zum Sprechen zu bringen. Ich wurde zu einem Hörrohr; kein einziges ihrer Worte betraf sie selbst, nicht eine einzige ihrer Überlegungen wurzelte an den Ufern ihres Körpers. Außerdem wußte sie, daß sie schön war. Ja, sie war wirklich schön, verführerisch, faszinierend, fast die Quintessenz irdischer Schönheit, und es war egal, ob es einen Himmel gab oder nicht. Anne konnte sich in jedem Augenblick in eine Meisterin des Konsums verwandeln. Ihre Schönheit hob alle Dinge über das Alltägliche hinaus und verlieh ihnen etwas Kostbares. Sie pflegte ihre äußere Erscheinung, indem sie sie durch die unzähligen Blicke ihrer Bewunderer auffrischte. Ihr Gesicht zerschnitt sie in unzählige Stücke, die sie an mehrere Bankiers verteilte, von denen sie hohe Zinsen und eine Gefühlsgarantie verlangte. Die Verteilung ihres Vermögens sicherte ihr mehr als nur das Existenzminimum. Ihre Schuldner wußten nichts voneinander und konnten folglich nie eine Abwertung ihres Kurses auslösen. Welche Vorsicht, welche Absicherung, sagte ich mir angesichts der Versicherung ihres Selbstbildes durch die Gefühle der anderen. Es hatte weder Brände noch Überschwemmungen zu befürchten.

Meine kleinen Vögel hatten nur wenige Zufluchtsorte: das Dach der Scheune, die ausgestreckten Hände der Bäume und an sonnigen Tagen die Stromleitungen. Wenn Regen aufzog, flogen sie niedrig und berührten unter Lebensgefahr fast den Boden. Ich konnte nichts für sie tun. Ich hatte Angst um sie, weil ich nicht der einzige war, der ihren Tiefflug beobachtete; auch die Katze lauerte neben der Scheunentür. Sie saß dort hinterhältig, mit harmloser Miene, wartete und beobachtete den Himmel, und wenn ein Vogel niedertauchte, stellte sie sich schnell auf ihre Hinterbeine, streckte sich und schlug mit den Krallen ihrer rechten Pfote nach dem, was sie begehrte. Sie erinnerte mich an den Gemeindepfarrer, der auf der Kanzel oft im entscheidenden Moment seiner Predigt seinen rechten Arm ausstreckte und auf die Sünder unten wies. Die Katze machte mir Angst. Ich jagte sie weg von diesem strategischen Platz, und das war nicht einfach. Immer wieder kam sie zu ihrer Ausgangsposition zurück, und schließlich ging es so weit, daß ich, wenn auch widerwillig, nach ihr schlug.

Sie ließ mich neben dem Kamin Platz nehmen, der noch die Ruhe eines langen Tages ausstrahlte, der ohne sie vergangen war. Die Asche hinter dem Gitter zeugte von der Hitze, die hier an geselligen Abenden herrschte. Anne räumte auf und ließ mich ruhig in meiner Ecke sitzen, bis das Telefon unser Schweigen durchbrach. Sie vertröstete schnell einen Verehrer auf den kommenden Donnerstag, auf einen Nachmittag, den sie ihm widmen könne; aber ihre Stimme zeigte deutlich die Freude über die Beharrlichkeit des Mannes am anderen Ende der Leitung. Dies war mit Sicherheit jemand, der einige Reichtümer besaß. Nachdem sie einige Male im Zimmer auf und ab gegangen war, fing sie an, ganz vernünftig und wohlüberlegt mit mir zu sprechen. Dann schlug sie stolz vor, das Feuer im Kamin anzuzünden. Die Vorstellung, ein kleines

Feuer der Gefühle anzuzünden, erschien mir lustig, und ich war einverstanden mit diesem Spiel der Temperaturen, das die Illusion weckte, man befinde sich in einer gemäßigten Zone. Die sichtbare Glut konnte uns vielleicht helfen, in ein imaginäres Anderswo zu verschwinden, in eine Hütte mitten im Wald ... Anne war nicht sehr geschickt, und ich wollte ihr helfen, verzichtete aber darauf. Sie kannte meine barbarischen Ursprünge zu gut, um diese nicht unaufhörlich zu kritisieren, sobald es um ein nicht zu kontrollierendes Begehren ging, das ihre Ausweichmanöver zu deutlich in Frage stellte. Langsam fingen die Schatten auf der Wand gegenüber an zu tanzen wie die kleinen Feuer der Sommersonnenwende. Ich stellte sie mir vor und rief sie herbei wie das Feuer meiner Träume, das langsam ihren schlafenden Körper erhitzen und in mir den Wunsch nach einem lange erwarteten Ereignis wecken würde.

Im Winter war die Scheune leer, die Nester waren verlassen. Die wenigen kalten Flaumfedern konnten kaum die Erinnerung an den Frühling wecken, der in meinem Herzen begraben lag. Das Licht auf den Balken war fahl, und die schlecht abgedichteten Fenster empfingen unzählige Besuche des Windes, der sich überallhin drängte, manchmal unauffällig, manchmal mit Getöse. Er wirbelte die Späne unter der Säge auf, die man zu zweit bedienen mußte, um die Pappeln zu zersägen. Dieses Heizmaterial lieferte nur wenig Wärme und desto mehr Asche, doch so versuchte man zu Hause zu sparen. Um die Kälte zu bekämpfen, versuchte ich angestrengt, an die flaumigen

Blüten der Pappeln zu denken, die still am Fuß der Bäume niedersanken, die meine Bäche säumten. Wenn ich, eingemummt in meine Jacke, mit der Axt die Holzscheite spaltete, damit sie in den Herd paßten, erschien mir die Kälte weniger beißend. Ich setzte diese Arbeit fort, bis der vom Wind hochgewirbelte Staub mir in die Augen geriet und mich daran hinderte weiterzumachen. Manchmal ging ich dann in den Stall und sah den Tieren zu, die genauso unter der Kälte litten. Sie drehten mir nie den Kopf zu, sondern betrachteten die Bäume hinter den Fenstern, die dem Wind Widerstand leisteten und ihre Äste schüttelten, um sich von den Flocken zu befreien, die von Norden gekommen waren. Vielleicht waren die Tiere auch voller Sehnsucht nach der unterhaltsamen Gesellschaft, die ihnen im Sommer die launenhaften Insekten leisteten. Wenn ich mich wieder an die Arbeit machte, lauschte ich dem Wind und versuchte, sein Rauschen und Gestammel zu dechiffrieren, das sich manchmal, im grenzenlosen Schmerz seines ruhelosen Umherirrens, in Hilferufe verwandelte.

Nach langem Zögern ließ sich Anne in einem Sessel neben mir nieder. Mir erschien sie weit entfernt, trotz ihrer Nähe und der des Kamins, der beständig Wärme verströmte. Die überflüssigen Sätze, die wir austauschten, ähnelten den Brieftauben, denen man Briefe anvertraut, ohne jemals sicher zu sein, daß sie ihr Ziel erreichen. Sie hielt nichts von dem Gefühl der Sehnsucht, dem ich hingegen mehr Bedeutung zusprechen wollte. Nur eine süße Selbsttäuschung ließ mich weiter hoffen. Ich war barfuß

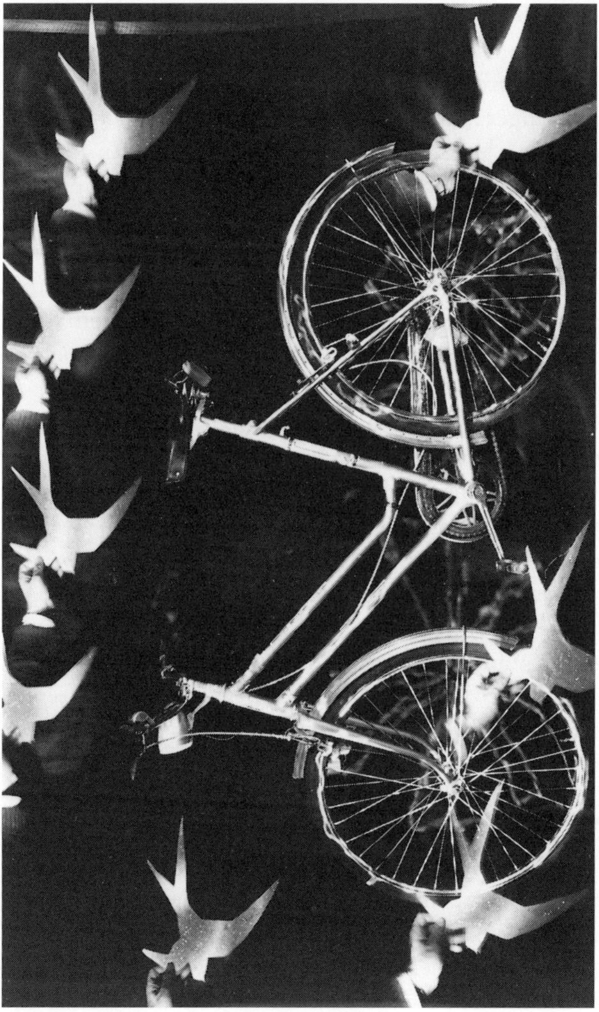

Sehnsucht nach dem Licht

und wartete auf das Wunder, das mich in ihre Arme würfe. Ich war so ungeduldig, daß ich fast die Hauptsache vergaß. Und dies war die Notwendigkeit, nicht vom Hunger zu sprechen, so unerträglich dieser auch erschien, sondern ihn nur vorzutäuschen. Dann ließe er sich selbst vor einem mit allen Gaben der Erde überhäuften Tisch verstecken oder leugnen. Doch meine Hände, die nach einer imaginären Frucht greifen wollten, verrieten mich immer deutlicher. Ich entschied mich dafür, die Ruhe zu bewahren, selbst angesichts des leckeren Weißbrots, das in der Hand, die Anne mir reichte, zu leuchten begann.

Dies führte zu einem Ausgang, den ich schon im voraus als verfehlt erkannte. Anne beherrschte meisterhaft die Verzögerungen, die mir bald unendlich erschienen. Unbeherrscht näherten sich meine Hände dem Vergnügen, das in der üppigen Landschaft ihres Haarschopfes nistete.

Als der Wind sich hinter das Gebirge zurückgezogen hatte, zeigte das Tal sein Gesicht winterlicher Strenge. Der Schnee bedeckte den Boden nur teilweise, und ganze Wiesen erschienen nackt, wie leergefegt durch die verrückten Sprünge und Stürze des unsichtbaren Reisenden. Sie protestierten so gegen die Monotonie dieses Anblicks. Der Wind, der von den Wiesen kam, wehte nur schwach; ihm fehlte das Blattwerk der Bäume. Nur einige vereinzelte Fichten behaupteten sich nachdrücklich gegen die Weiße des Gebirges, als schwacher Schein von Grün, der sich weiter oben mit dem Grau des

Taktiler Blick

Himmels vermischte und die Linie des Horizonts verschwimmen ließ. In dieser melancholischen Landschaft erschienen die Bäume wie mächtige Einzelgänger, die sich vergebens dem kalten Himmel entgegenreckten. Manchmal setzten sich furchtsame Vögel auf die entlaubten Äste. Es herrschte eine gespannte Stille, die nur vom Murmeln des Bachs unter seiner Spitzendecke aus Eis durchbrochen wurde. Ich liebte die ungewöhnlichen Konturen, die das Wasser, ganz dem Formwillen des Windes unterworfen, gezeichnet hatte, besonders, wenn unter schwachen, rötlichen Sonnenstrahlen ihr Weiß in ein Blau überging.

Manchmal stimmten sie mich traurig, und ich wünschte lebhaft, daß sie sich plötzlich verwandelten, wenigstens in einigen Details. Und dann wünschte ich mir noch, daß der Wind sich hinter den Bergen erhebe, um mir am folgenden Tag ein anderes Bild zu schenken: ein paar weiße Tupfer anderswo, andere Flecken entblößter Erde und am Ufer die Spitzendecke ein wenig verschoben. Ich mußte warten, bis sich durch meine Abwesenheit die Orte der Einsamkeit wieder bevölkerten.

Später akzeptierte es Anne, für mich Modell zu stehen. Ihr zögerndes »Ja« tut mir heute noch weh, wenn ich in der Erinnerung die unzähligen Worte höre, die in einer ununterbrochenen Flut von meinem Telefon in ihres strömten. Sie kritisierte mein Vorhaben, lehnte es ab, wollte andere theoretische Standpunkte hören oder suchte nach unleugbaren Argumenten, nach unabweisbaren Behauptungen, nach unwiderlegbaren Kriterien.

Ich kam mir vor wie jemand, der um Bilder bettelt, der seine Hand nach ihr ausstreckt mit der Bitte um dieses letzte Almosen ihrer irdischen Gegenwart. Meine Sehnsucht danach wurde so stark, daß das endlose Gefolge anderer, besser ausgestatteter Betrachter mir weniger auszumachen begann, denn ich hoffte noch auf die entfernte Möglichkeit, mich ihnen anschließen zu können. Dann wäre dies Ereignis nicht von meinem Haß überschattet. In meine Wohnung gekommen, suchte Anne in meinem Gesicht vergeblich den Spiegel, und ich spürte, wie ihre Blicke zwischen mir und den an der Wand aufgehängten Spiegeln hin- und herirrten, die ihr vortäuschten, gesehen und erkannt zu werden.

Meine Vorbereitungen für die Aufnahmen beruhigten sie ein wenig. Mit einem gewissen Wohlwollen half sie mir sogar, die Hintergrunddekoration aus Bettlaken zu gestalten. Diesen Laken fehlte die Wärme, die sie am frühen Morgen genoß, um ihren Träumen nachzuhängen, Träumen, deren Nachwirkung sie noch zu spüren glaubte. Nachdem wir die Dekoration arrangiert hatten, begann die Sitzung. »Sieh meine Hand an«, sagte ich. Meine Hand: eine Art von mechanischem Instrument, das den Blick näher rückte. Zögernd begann ich, sie mit den Engeln des Lichtes zu verschleiern.

Ich hoffte, sie durch ihr fixiertes Bild zu überwältigen. Gleichzeitig bedauerte ich vielleicht, daß sie an diesen unendlich stillen Orten nicht altern, daß es ihr dort nicht gelingen würde, mich leiden zu lassen. In dem Augenblick, wo die Engel des Lichtes zu Tausenden auf ihrem Körper vergingen, wurde ich von einer unerträglichen

Angst befallen. Diese steigerte sich bis hin zu dem Wunsch, das Feld des Todes zu überqueren, das uns trennte. Doch die Zärtlichkeit, die ich in ihrer unmittelbaren Gegenwart für sie empfand, hinderte mich daran, auf den Auslöser zu drücken. Statt dessen wischte ich nur einige zerbröckelte Flügel vom Objektiv.

Ljubljana, Fragmente einer Sehnsucht

Es gelang ihm niemals, nach Ljubljana zu fahren, und wenn er es doch schaffte, so nur in seiner Einbildung. Diese zeigte sich als ein ephemeres Licht, wie ein Bild, das seit langem verblaßt war. Überdies handelte es sich nicht um ein scharfes Bild; es war eher verschwommen. Wie durch morgendliche Nebel hindurch wuchsen Häuser in einem verwaschenen Gelb, oben über dem Mauerwerk eine rote Fahne im Wind, eine Statue mit gespreizten Beinen, die sich in den Himmel reckte, und blaßgrüne Straßenbahnen. Diese Bilder tauchten auf und verschwanden wieder, sie zersplitterten in eine Unzahl flüchtiger Fragmente. Sie klammerten sich heftig an die müden Segel der Erinnerung, die, erstarrt und stumm, vergeblich nach Wind suchten. »Ljubljana, Ljubljana«, wiederholte er. Das Echo der ersten Buchstaben, die es bezeichneten, erinnerte ihn an Kratzen auf rostigem Blech. Das Geräusch wurde immer widerwärtiger und schmerzhafter. In den halblauten Wortfetzen erschien aufdringlich das Bild einer gerissenen Prostituierten, die ihm, dem säumigen Kunden, sein letztes Geld abschwatzen wollte als Gegenleistung für verlogene und leichtfertige Versprechen, nichts als Versprechen.

Ljubljana, du zwingst ihn zu gehen, du drängst ihn bis zur Schwelle deines unbewohnten Hauses, dann weit über die Schwelle hinaus, an der der Körper in Empfang genommen und aufgewärmt werden könnte. Du weist ihn von dir, dort wo deine bereitwilligen Lippen aufgehört haben, zauberische Versprechen von einem Ort zu geben, an dem es nie mehr als eine in der Kehle erstickte stumme Trauer geben wird.

Eine Ader klopft an seiner Schläfe: Ljubljana, Ljubljana. Wenn deine Muskeln sich anspannen und auf das Gehen vorbereiten: Ljubljana. Ein ferner Pulsschlag, der im Herzen widerhallt: Ljubljana. Dann bleibt nur noch das Schweigen, gelb wie alle Häuser, gelb wie das Gebimmel der Straßenbahn.

Endlich fängst du an zu leben, du nimmst das lebhafte Gelb der Opel Rekord an, die schnell in Richtung Zaloskastraße fahren, du bist gut gelaunt, wenn elegant gekleidete Herren in dir transportiert werden. Verbissen kommst du auf die Einladung der ersten Silben deines Namens zu sprechen, und du hörst nicht auf, Ljubljana, du betrügst immer noch, du bist verführerisch und nimmst den letzten Atemzug der Kindheit in Beschlag.

Ljubljana, du bist niemals weiß gewesen. Und selbst wenn du manchmal deine leuchtenden Kleider angelegt hast, so waren es nur die sorgsam sterilisierten Kittel der Ärzte. Nur selten gab es frisch gefallenen Schnee auf deinen Dächern, den der kleine Junge von einem hohen Fenster aus hätte betrachten können. Deine lügnerische Weiße war nur das, nichts anderes.

Ljubljana, du bist nur ein irritierender Nachtfalter unter dem Licht der Erinnerung, das an deinen nebligen Abenden den Weg beleuchtet. Du gießt nur Löschkalk aus, um das zu einem Pferdeschwanz zusammengefaßte

Haar zu besudeln und den roten Schrei seines Bandes zum Schweigen zu bringen. Dann hört der Pferdeschwanz auf, das dominierende Element im kindlichen Gesicht zu sein. Ljubljana, der kleine Pferdeschwanz, die Schwärze der Haare und der Knoten des Bandes – all das kehrt nur wieder in der Agonie eines ungeduldigen Begehrens. Ljubljana, so nannten sie dich; ich weiß nicht, wie sie dich nannten, dich, zärtliche schwarze Mähne, die er begeistert betrachtete in der Zaloskastraße ohne Wiederkehr.

Immer noch sieht er dich an, wenn das Weiße sich auflöst, von weitem beobachtet er dich, schwarze Fahne der Kindheit. Ihm bleibt nichts weiter als das zerbrechliche Schwarz der Trauer hinter dem Haarschopf, der sich aufbäumt und die tödliche Weiße des einzigen Lebens zurückstößt.

Wenn die Wohnung leer und verlassen ist, wenn die Autos draußen angelassen werden und er einsam ist, streichelt er dich in seiner Einsamkeit und denkt wehmütig an dieses verschleierte Bild.

Ljubljana, am Abend verlassen und unbewohnt, deine nächtlichen Lichter reflektieren die Mauern, die ihn vor deinem kalten Nebel schützen. An steile Wände zeichnest du deine Nacht, die mich vor deinen verschwommenen, seelenlosen Blicken schützt. In die Freude deiner vergangenen Hoffnung drängt sich das Grau. Und auch die Haarsträhne löst sich auf im Grau und nimmt das Gesicht des jungen Mädchens mit sich. Ihr Pferdeschwanz und ihr Gesicht, die Haare, die ich wie ein Zeichen im Wind wehen sah. Daß ihr sanftes Gesicht noch einmal vor den Augen des kleinen Jungen schweben würde!

Die Wohnung war schlicht. Er war von Sehnsucht erfüllt und seine Entscheidung, sie ein letztes Mal zu sehen, unwiderruflich. Ein letztes Mal noch würde er das Unmögliche versuchen, sie aus den Nebelschleiern reißen, selbst wenn der Einsatz bei diesem letzten Versuch die Trennung ist.

Er würde ihr sagen, er sei nur gekommen, um sich zu verabschieden. Er habe weiter nichts in Ljubljana zu tun, wiederholte er halblaut vor sich hin.

Den ganzen Nachmittag lang wählte er vergeblich ihre Nummer. Erst um elf Uhr abends antwortete sie ihm. Er sei es schon wieder, seufzte sie. Ja, er sei es, und ob sie wohl ein wenig Zeit hätte? Er möge doch morgen anrufen, um halb sieben, wenn sie aus der Klinik zurück wäre. Bis dahin hoffe sie, die Herzen der krankesten Slowenen bereits untersucht zu haben. Dann sagte sie noch, auch sie selbst sei krank, und daß sie nicht wisse, ob sie auf einem Foto gut aussehen würde. Sie habe verquollene Augen und ein geschwollenes Gesicht und fühle sich überhaupt nicht wohl. Aber er könne trotzdem anrufen. Mit einem gutmütigen Lachen wünschte sie ihm dann, daß er gut schlafe, und sagte ihm gute Nacht. Als er am Abend wieder zu Hause war, sah er sich am nächsten Morgen schon wieder nach Ljubljana fahren. Zunächst dachte er an das, was am dringlichsten war, an die Wohnungsschlüssel, woran die Vorstellung der Verfügbarkeit über die Zimmer geknüpft war. Zwei Tage Aufenthalt am

Stadtrand würden es ihm erlauben, neue Bilder und Eindrücke zu sammeln und sich an die alten zu erinnern.

Die Fahrt nach Ljubljana am Morgen war langweilig. Er wußte nur ungefähr, welchen Weg der Wagen nahm, denn er war in Gedanken, erschöpft von der Hoffnung, der er sich lange hingegeben hatte. Im Halbschlaf nahm er wahr, was draußen vor sich ging, reichte automatisch die geforderten Dokumente, schüttelte Bekannten die Hand und wartete auf seinen Freund, den Fotografen. Zuerst gingen sie ins Atelier, um das angesammelte Material durchzusehen. Dann erklärte man ihm, der vollkommen benommen war, den Umgang mit einer Hasselblad.

Nachdem er durch eine leichte Berührung des Zifferblatts festgestellt hatte, daß es halb sieben Uhr abends war, wählte er noch einmal ihre Nummer. Er wählte einmal, zweimal, und das langanhaltende Besetztzeichen erschien ihm wie ein wiederholtes Rufen, das ihm »Nein«, »Nein«, »Nein« antwortete. Eine halbe, dann eine Stunde später versuchte er wieder sein Glück mit denselben Ziffern, und wieder hörte er dasselbe »Nein«. Dann verwandelten sich die Signalzeichen in einen roten Fleck auf dem flüchtigen Bildschirm seines Inneren. Schließlich, nach einigen Unterbrechungen, erklang aufs neue das »Nein«, »Nein« und riet ihm ab.

Gegen neun Uhr ging er mit seinem Freund in die Stadt, um im »Mrak« zu essen. Nach dem Essen gingen sie in der Altstadt spazieren, und dabei fragte er ihn nach den jungen Mädchen, die dicht an ihnen vorbeigingen und leise sprachen. Sie waren normalerweise in Begleitung und verschwanden in der herbstlichen Nacht.

Nur wenn er nicht da war, gingen in dieser weißen Stadt die jungen Mädchen allein spazieren. Wenn sie tatsächlich einmal allein waren, fühlte er sich nur noch einsamer.

Der Geruch gerösteter Maronen erinnerte ihn an vergangene Herbstabende. Mit Bitterkeit dachte er an den kommenden Totensonntag. Auf eine bestimmte Weise gehörte er immer noch zu ihnen. Oder man bestand einfach darauf, ihn dort einzureihen, damit er seine gierige Suche nach dem Leben, seine Sehnsucht nach dem Jungsein nicht übertriebe.

Es war dieses Bild der Stadt mit ihren Friedhofskerzen, das ihm als eines der wahrhaftigsten erschien. In seiner Vorstellung verwandelte es sich in eine machtvolle Allegorie, in der die letzten Zuckungen des Sommers mit dem Herbst verschmolzen. Für ihn war die Stadt nur in ihrem Schmerz lebendig; nur im Bewußtsein der Kontinuität des Sterbens war Ljubljana ihm ganz nahe. Niemand auf der Welt wollte ihn von diesen Bildern der Stadt befreien, im Gegenteil, großzügig bot man sie ihm immer wieder in unzähligen Neufassungen an.

In den Rahmen dieses melancholischen Bildes konnte er leicht alle nur vorstellbaren jungen Frauen setzen, ihr Lächeln ebenso wie ihre Worte im Dialekt der Stadt. Ja, dies war für ihn ein Bild, das Rettung versprach, zeitlos und unzerstörbar. Es diente als Folie all seiner Vorstellungen, seiner Hoffnungen und Wünsche, es war sein Wegweiser.

Bilder von früher

Und doch erschien ihm in seiner Trauer und Verzweiflung der Herbst an diesem Abend schön. Er war erfüllt von schweigender Erwartung und ungeträumten Träumen. Er wollte Glühwein trinken, um die schwachen Reflexe von Bildern herbeizurufen, um ein Mal noch der kleine Junge vom anderen Ende der Welt zu sein, der nach diesem Besuch nicht wußte, ob er jemals nach Ljubljana zurückkehren würde.

Um zehn Uhr klingelte das Telefon immer noch vergebens und ließ sein »Nein« erklingen. Der Freund bestand noch heftiger darauf, daß alle schönen Frauen unfehlbar in Begleitung seien. Es kam ihm vor, als sei dies alles schon einmal dagewesen. Wieder tauchten vor seinen Augen, jenseits des Gewimmels der Altstadt, der Musik und des Geschreis derjenigen, die an den Theken standen, die toten Blätter auf, die raschelnd von den Kastanienbäumen fielen und die auf ein bevorstehendes Ereignis hinwiesen.

Sie kehrten in einem großen klapprigen Autobus, der in Ljubljana »Krpan« heißt, an den Stadtrand zurück. Diese rollenden Ungetüme erinnerten ihn an Raupen, die sich wie ein Akkordeon in der Mitte zusammenzogen. Wegen ihrer Länge hatte man ihnen den Namen des Volkshelden Martin Krpan gegeben. Er verlor sich in seinen Gedanken, und eine unbekannte Bitterkeit, das Gefühl einer ohnmächtigen Auflehnung ergriff ihn. Plötzlich erstand vor seinen Augen die Erinnerung an ein Kinderbuch, das er vor weiß Gott wie langer Zeit durchgeblättert hatte. Er erkannte das gutmütige Gesicht eines kräftigen Bauern, seine magere Stute, die Axt, die ihm

Angst eingeflößt hatte, und den Vorschlaghammer auf der Schulter. Dann vermischten sich die Bilder wieder. Das einzige, was er klar erkennen konnte, war ein steinerner Tisch am Hof zu Wien, mit einer abgeschlagenen Linde daneben. Ein Kindermärchen.

Schweigen
Erste Sequenz

Man sagte mir, daß die Kerzen brannten. Das war außergewöhnlich. Bei uns zündete man sie manchmal an Winterabenden an, an denen der Strom ausgefallen war, oft nur eine einzige. Im fernen Aufblitzen der Erinnerung sah ich die Hände meiner Mutter, wie sie auf ihre unverwechselbare Art die Streichhölzer anriß. Diese Geste war feierlich und besonders. Sie repräsentierte für mich das Gedächtnis, die Erinnerung an lang vergangene Winterabende, an denen der Wind draußen heftig tobte und die Stromleitungen unterbrochen waren. Die Kerze reichte nicht für die langen Abende, und meine Mutter mußte eine Petroleumlampe benutzen. Der Geruch des Öls vermischte sich mit dem der Polenta, die sie zubereitete. Wie lang vergangen dies war, und von welcher Schönheit.

Wieder stand ich aufrecht in dem großen Zimmer, wo sie aufgebahrt lag. Nein, nichts konnte diese Wirklichkeit auslöschen, so sehr ich auch an die Tage voller Glück dachte, an Tage, die unwiderruflich vergangen waren. Währenddessen brannte die winzige Kerze, die man vom Ölberg geholt hatte, vollständig herunter. Vollkommen geschwächt und erschöpft war ich von so weit hergekommen, um ein letztes Mal die Gegenwart der Verstorbenen zu verspüren. Die Aufforderung zum Aufbruch nahm ich wie ein Schlafwandler entgegen. Meine Schwester, meine kleine Nichte und ich haben uns ein letztes Mal um meine Mutter geschart, am Kopfende des Bettes, um noch einmal zu viert im selben Raum zusammenzusein, unter demselben Dach, in der Erinnerung an all das, was wir miteinander geteilt hatten und was wir an Gutem miteinander erlebt hatten. Im Zimmer war es still, und es schien mir, als mischte sich die Stimme der Mutter unter unsere. All dies erinnerte auf merkwürdige Weise an ein vergessenes Geschehen, das auf den Grund des Gedächtnisses verbannt war und das die anderen ganz einfach den Tod meines Vaters nannten. Als wir verstummten, ließ sich eine Stimme im Zimmer hören: »Habt ihr Abschied genommen, seid ihr fertig?« Ja, wir waren fertig. Dann hat das begonnen, was man die Beerdigung nennt. Ich war in der Vorhalle und hörte die dumpfen Schläge auf Holz, die mir verkündeten, daß man sie bald hinaustragen würde, zunächst auf den Hof, dann... Es hatte einige Schläge an die Tür gegeben, wie um jede Hoffnung auf ihre Rückkehr zu unterbinden. Mit dem kleinen Mädchen zusammen sind wir auf den Hof hinausgetreten, auf dem sich die Dorfbewohner zu versammeln begannen. Ich habe noch das charakteristische Geräusch gehört, das mir anzeigte, daß man jetzt den Sarg auf den Wagen legte, und mit einer merkwürdigen Gelassenheit bemerkte ich, daß der Wind wehte. Der Chor der Männer hat die Geräusche überdeckt, die das Geschehen begleiteten. Dort, wo ich zu Hause bin – aber auch anderswo in Slowenien –, ist es üblich, daß man ein Lied anstimmt, das von einer unbezwingbaren Sehnsucht handelt, das Lied *Der Frühling kommt wieder.* Es klang diesmal anders.

Ikone

Sehnsucht

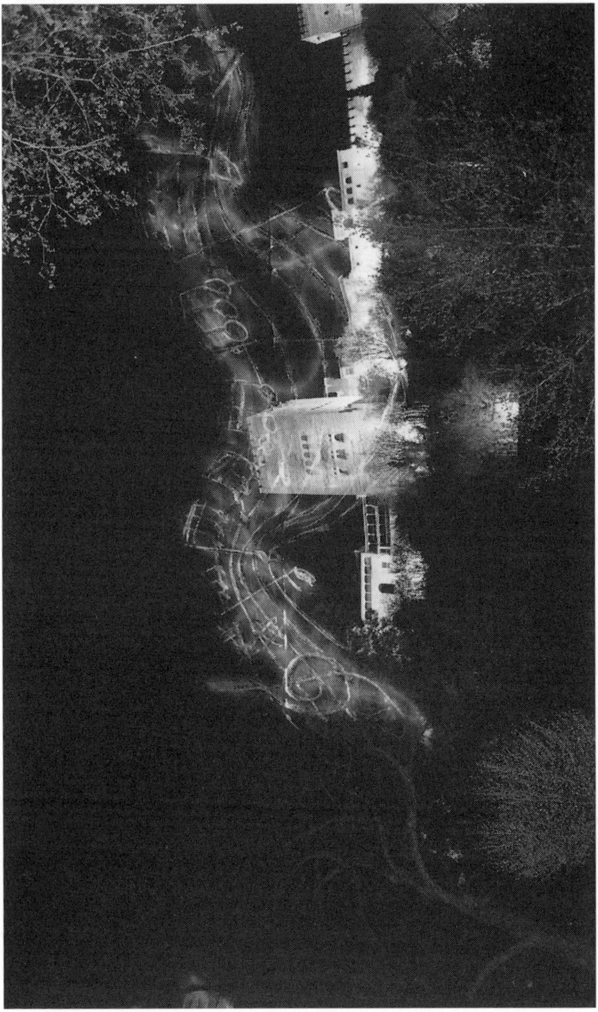

Sehnsucht

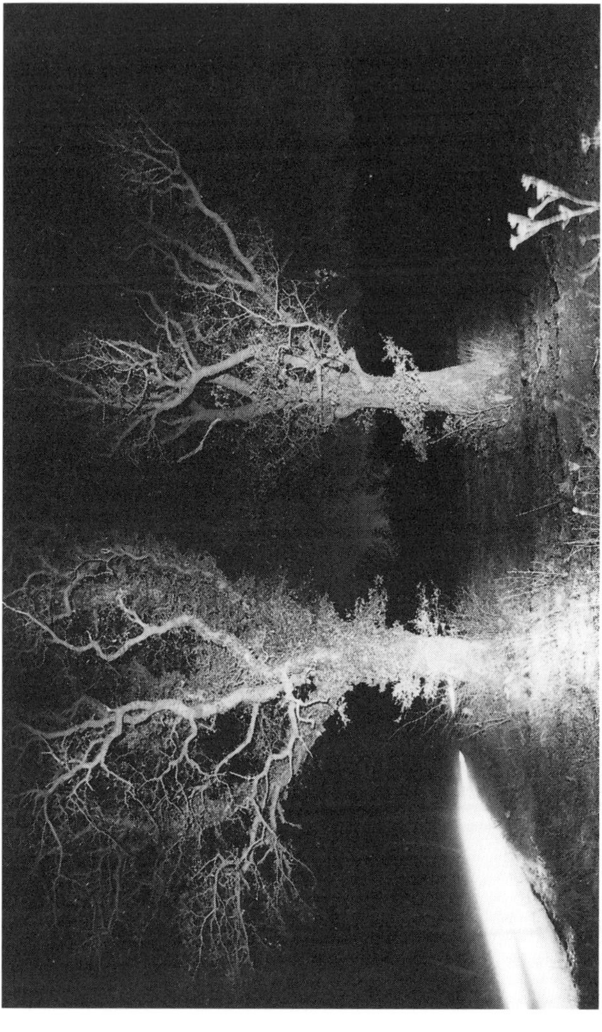

Landschaft der slowenischen Kindheit

Vielleicht war es wegen des Windes, vielleicht gab es dafür auch überhaupt keinen besonderen Grund. »Der Frühling kommt wieder, alles wird wieder grün, die Wiese schmückt sich mit Blumen...« Der Frühling war sehr früh gekommen, und auf dem Hof sah man schon die ersten Margeriten. Sie waren eine Art Bestätigung der letzten Strophen des Liedes und verstärkten noch die Sehnsucht. Weiter erklang der Gesang: »Die kleinen Vögel singen wieder auf ihrer Wiese.« Aber ich konnte sie nicht hören; sie waren weit hinter der Hofmauer, jenseits der Männerstimmen. Während ich ihnen zuhörte, hoffte ich, daß die Sänger die letzte Strophe auslassen, daß sie vor dem Ende des Liedes aufhören würden. Dann gäbe es keinen Unterschied zwischen diesem Gesang und dem schrecklichen Lied, das sie manchmal in den Wirtshäusern anstimmten. Ich rief mir in Erinnerung, daß ich dieses seltsame Klagelied liebte, das an irgendwelchen Abenden erklang und traurig davon erzählte, daß man eines Tages fortgehen müsse. All das spielte sich nur in der Vorstellung ab, ich fühlte es nur. Der wirkliche Tod war noch weit, sehr weit. Dieses Lied haben wir einmal unter den Fenstern eines Studentenwohnheims angestimmt und es wie eine Serenade den Mädchen gewidmet, die darüber erstaunt waren, daß man den Tod vergessen könne. Aber im Grunde war dies nichts besonderes, denn meine Landsleute haben auf ihren Lebenswegen immer zwischen den Abgründen der Liebe und des Todes wandeln müssen. Doch damals erweckte dieses Lied nicht das Gefühl der Verzweiflung, den Eindruck einer unausweichlichen Wahrheit, es war nur ein

Spiel, und ein wenig überzeugendes dazu. Hoffentlich stimmen sie nicht diese letzte Strophe an, dachte ich. Natürlich gab es nur eine schwache Hoffnung, doch ich erwartete, daß die Sänger bei den »Vögeln auf ihrer Wiese« aufhören würden. In diesem Fall könnte ich trotz des leichten Windes, der ihre Stimmen dämpfte, in den Zweigen des Kastanienbaumes die ersten Boten des Frühlings erblicken. Dies war jedoch nur ein flüchtiger Traum, der von dem Geschehen auf dem Hof durchkreuzt wurde, ein Traum, der beim Schlußwort der letzten Strophe verflog, *al* (aber), als Ausdruck einer letzten Ermahnung. Die Strophe war kurz, und an jenem Tag, im Hof, versuchte ich, sie noch zu verlängern. Später jedoch, über die Schreibmaschine gebeugt, auf der ich schrieb, habe ich in mehreren Anläufen die Fingerspitzen auf die vier Punkte dieses Wortes gesetzt, das zu anderen Worten führte. Und wenn es doch nur eine Silbe ist... so versuchte ich mich noch einmal zu überzeugen. Plötzlich bin ich von der Maschine aufgesprungen und in den Hof geflüchtet, um die unwiderrufliche Begegnung mit diesen beiden Schriftzeichen zu vermeiden, um diesem Ruf des Schicksals auf jedem Fall auszuweichen und mich davon soweit wie möglich zu entfernen. Ich habe versucht, diese Zeichen zu sezieren, obwohl es doch nur zwei waren, und daraus andere Wörter zu schmieden. Bei diesem Versuch hat mich der Buchstabe *a* am meisten gehindert; mit dem *l* konnte man noch zurechtkommen. Denn mit dem *l* begannen so viele schöne Wörter in meiner Muttersprache: *lepota*, die Schönheit, *ljubezel*, die Liebe, *lastobke*, die Schwalben, *leteti*, fliegen, *lan*, das Linnen, *leto*, das Jahr, *laket*, die Handfläche, für die Empfindung einer Berührung, *leteti* für das Schwindelgefühl einer Freiheit, die auf immer entschwunden ist. Aber was läßt sich mit dem *a* anfangen, wenn man es mit dem *l* verbindet? Es ist mir nicht gelungen, ein einziges schönes Wort zu finden. Vielleicht wäre das in anderen Sprachen möglich, vielleicht könnte man dort Wörter finden, um dem Entsetzen zu entkommen. Ich hielt fieberhaft nach Wörtern mit *al* Ausschau und klammerte mich daran wie ein Ertrinkender an den letzten Ast. Wie lange würde ich mich daran noch festhalten, wie lange noch mich den letzten Hoffnungen hingeben können? Ich ging ein bißchen auf und ab, um zu vergessen, wo ich mich befand, und um lieber beim Buchstaben *l* zu verweilen, zum Beispiel *l* für Liebe, *ljubezel*. Ich achtete nicht auf die Umgebung und stieß an einen Rosenstrauch. Es kam mir wie eine zärtliche Geste vor. Ich suchte ein einziges Wort, an dem ich mich hätte festhalten können. Aber zu viele andere Dinge hätten mir dasselbe sagen können wie dieser Strauch. In diesen Zusammenstößen, in denen ich ihnen begegnete, habe ich niemals die geringste Zärtlichkeit verspürt; warum hätte ich künftig etwas davon verspüren sollen? Wahrscheinlich hatte der Rosenstrauch mir bedeuten wollen, auch er sei dort gewesen, als der Klagegesang im Hof widerhallte, auch er erinnere sich an dessen letztes Wort. Ich habe mich wieder gefaßt und bin ins Haus zurückgekehrt.

Schweigen
Zweite Sequenz

Zuerst nur in Gedanken, dann mit einer stummen Bewegung der Lippen habe ich die letzte Strophe des Klagegesangs wiederholt, als ob ich sie noch einmal auswendig lernen müßte, und dann, am Ende meiner Kraft, habe ich beim schicksalhaften Wort aufgehört. Und ohne auf Widerstand zu stoßen, bin ich fortgefahren: »Meine Geliebte kommt niemals wieder, kommt niemals mehr.« Im Frühlingswind hätte ich andere Worte als »Geliebte« hören, vergessen mögen, daß es sich um meine Mutter handelte, daß sie nie mehr wiederkommen würde. Wenn diejenigen, die das Lied sangen, statt dessen »guter Freund« gesagt hätten, wäre mir alles nur wie ein böser Traum erschienen.

Als man sie vom Krankenhaus zurückbrachte, habe ich es nicht glauben wollen. Ich hätte noch ein letztes Mal ihre Hand drücken wollen, doch das konnte ich nicht. Ich mußte an diesen unbegreiflichen Abschied an einem Sonntagnachmittag denken, der sich immer wiederholte. Der Tag, an dem sie das letzte Mal nach Hause gekommen ist, war ein Donnerstag. Weil ich nicht wußte, was ich machen sollte, wie ich sie begrüßen könnte, habe ich mit der Hand den Sarg berührt. Ich wollte mich von ihrem Tod überzeugen, doch ich habe nur das Holz gespürt, aus dem ein Schweigen aufzusteigen begann. Dies war ihre letzte Botschaft, ohne Worte. Ja, das Schweigen. In diesem Schweigen war das Wort verstummt, das ich vergeblich in allen Wörterbüchern und in allen lebendigen Sprachen suchen würde. Um meine Auflehnung – und sei es auch nur ein klein wenig – überzeugender erscheinen zu lassen, habe ich, außer mir, gefragt, wie das passieren konnte. Und ich frage mich immer noch – als ob ich noch irgend etwas ändern, wiedergutmachen oder verhindern könnte. Wie versteinert bin ich von einem Zimmer ins andere gegangen und habe das kleine Mädchen gerufen, um ihm das Unerklärbare zu erklären, um ihm das einzige Märchen auf dieser Welt zu erzählen, an das ich niemals glauben wollte.

Als der Totengräber, ein älterer Mann, kam, hat man mich in die Küche gerufen. Dieser Mann war ein merkwürdiger Fatalist. Er hat uns erzählt, er habe als Belohnung für lange Jahre der Arbeit ein herrliches Radio mit unzähligen Knöpfen erhalten, das er aber nicht bedienen könne. Aus seinen Worten war herauszuhören, daß seine grobschlächtigen Hände sich kaum an die moderne Technik gewöhnen würden, die von seiner täglichen Beschäftigung so weit entfernt war. Mit einer eigentümlichen Stimme, die aus dem Jenseits zu kommen schien, betonte er mehrmals: »Ich habe schon so viele unter die Erde gebracht!« Indem ich nach dem verborgenen Sinn dieser Worte suchte, wollte ich vielleicht die Tatsache verdrängen, daß er sich nun darauf vorbereitete, auch meine Mutter unter die Erde zu bringen, daß es plötzlich zuviel Begräbnisse gab und daß dieser fleißige Mann wirklich eine Pause verdient hätte. Der kluge Mann fing an zu erklären, daß die Erde dort, an jener Stelle des Friedhofs, sehr hart sei, und er zählte sogar die Werkzeuge auf, die er benutzen müsse. Er war ein beherzter Mann, und man konnte davon ausgehen, daß das Grab rechtzeitig fertig sein würde.

»Hast du dir frei genommen?« fragte die Stimme, die den Ablauf der Feier bestimmte. Wir hatten uns frei genommen, und wir sind in den Eingang getreten, während man die Verstorbene in den Hof trug. Dort wartete der Wagen. Draußen wehte der Frühlingswind und überdeckte die Stimmen der Anwesenden. Das Klagelied erklang und besang die Wiederkehr des Frühlings und die Geliebte, die nie zurückkommen würde. »Warum ist es so früh schon Frühling?« fragte ich mich, während man mich auf die Schneeglöckchen und die Primeln hinwies. Noch im Winter zeigten sich die jungen Triebe, als ob sie wüßten, daß dieser Frühling auch meiner Mutter gehörte. Die Jahreszeiten zeigten Respekt vor dem zerbrechlichen Leben, das die Menschen im übrigen entwürdigten.

Um den traurigen Ablauf der Ereignisse zu unterbrechen, habe ich gefragt, wo wir uns befänden, und eine Stimme hat mir die Örtlichkeiten genannt, an denen wir vorbeikamen. Als wir an dem Bach bei der Schmiede anlangten, habe ich aus seinem gedämpften Rauschen dieses unaufhörliche Plätschern herausgehört, das wie ein Gesang der Kindheit unter der Brücke erklang. Ähnlich den undurchsichtigen Nebelschleiern des Morgens, die die Engel der Nacht verbergen, haben die Bilder einer fernen Welt, fast jenseits der Erinnerung, angefangen zu tanzen. Und weil sie so zerbrechlich und unterwürfig waren, schwankten sie furchtsam am Rand des lebendigen Augenblicks, der von dem Geräusch des Wagens verlängert wurde, in dem meine Mutter schlief. Auch dort, nahe dem heiligen Ort der Kindheit, schlief sie nur, schlief nur. Ich hörte noch, wie sie mich ermutigte, wenn ich ihr eine neue Erfindung zeigte. Ich war ein ausgelassener kleiner Junge gewesen und hatte geduldig das helle Silber des Bachs mit Wassermühlen angehalten, um ihn anders erklingen zu lassen. Dank meiner kleinen Dämme sollte er sich etwas weniger beeilen, um nach Lokavec zu kommen, dann nach Hubel und Vipava, danach in die Soca und dann ins Mittelmeer. Damals wußte ich nicht, wohin mein rauschender Freund unter der Brücke unterwegs war und wohin meine Papierschiffchen auf immer entschwanden.

Diese Erinnerungen haben sich verflüchtigt, und lebhaft entstand ein anderes Bild in mir: das ihrer blauen Augen, die von nun an hinter gesenkten Lidern ruhen sollten. Dies alles ohne Abschied, ohne ein sanftes »Auf Wiedersehen«. Das Schweigen. Es schlug mit dem Gewicht der Ewigkeit auf meine Seele und ließ die unbekannte Bedeutung der Worte »nie, nie wieder« dumpf erklingen.

Das Geleit... Vater... Ich nahm die Finger von den Tasten der Schreibmaschine. Das ist nicht wahr, das konnte nicht wahr sein, sagte ich mir, und von einem Schwindel ergriffen, ging ich schnell in den Hof. In dieser Herbst-

Lokavec, Slowenien

Lokavec, Slowenien

Lokavec, Slowenien

Lokavec, Slowenien

Lokavec, Slowenien

nacht draußen kam ein Wind auf und brachte einige Regentropfen mit sich. Ich versuchte, mich zu fassen, und trat dann in die Küche, wo ich erstaunt stehenblieb. Zum Hof hin sang in einer unglaublichen Lautstärke eine Grille auf dem Fensterbrett, die weiß Gott wie dorthin gelangt war. Hier war sie geschützt vor Wind und Regen. Nach dem ersten Schreck begann ich, diesem winzigen Wesen aufmerksam zuzuhören, das auf die ersten morgendlichen Sonnenstrahlen wartete, um dann im Land des Schweigens zu verschwinden. Als die Grille verstummt war, ging ich zum Schrank und nahm mir einen Zwieback. Aus dem geschlossenen Raum strömte jener vertraute Duft, der meine Mutter umgeben hatte, wenn sie vormittags das Essen zubereitet hatte. Sie war dort, am Tisch, und strickte für ein kleines Mädchen Socken, die sie nicht zu Ende bringen würde. Nachdem ich mich etwas beruhigt hatte, ging ich wieder an die Schreibmaschine. Ich hatte keine Angst mehr vor dem Bild, vor dem ich davongelaufen war.

Es war an einem Wintertag im Dezember. Die Erde war noch dunkler als gewöhnlich, der Himmel noch grauer. Die Berge schwiegen in der Ferne. Ich folgte den Schritten der vier Männer, die auf ihren Schultern einen mit Engeln verzierten Kasten trugen, in dem mein Vater ruhte, und sah kaum auf. Hinter den Männern gingen drei Personen, meine Mutter in der Mitte, meine Schwester und ich zu beiden Seiten. Nur für wenige Augenblicke gelang es mir, mir das ernste Gesicht meiner Mutter in ihrer dunklen Kleidung vorzustellen. Wir blieben zu dritt, und jetzt waren wir wieder drei, die den Wagen begleiteten. Wie absurd diese Zahlen sind!

Die Glocke läutete wie an diesem lang vergangenen Wintertag. Ihr Ton hatte sich über die Jahrzehnte nicht verändert, und in dem immer gleichen Klang lösten sich für alle Ewigkeit die Stimmen derjenigen auf, die ich liebte.

Nach einigen Stunden erschien vor mir das Gesicht des Totengräbers neben dem offenen Grab. Die Schaufel war zu groß und die gefrorene Erde zu schwer für den kleinen Jungen, und deshalb hatte der alte Polde meine Hand geführt. So haben wir dem unvermeidlichen Brauch Genüge getan. Diese Erinnerungen haben mich in der Entscheidung bestärkt, dem kleinen Mädchen diese unangenehme Pflicht zu ersparen oder sie ihm zumindest aus einer anderen Perspektive zu zeigen.

Wie oft hatten die Dorfkinder Polde schon gefragt, wann er sie begraben würde? Und er hatte über unsere Naivität gelacht, die die Abfolge der Generationen überspringen und den natürlichen Lauf der Dinge ändern wollte. Ja, der alte Totengräber war Teil der unbeschwertesten Spiele unserer Kindheit, und niemand hatte Angst vor ihm, trotz der Tatsache, daß der Tod ihn überallhin begleitete. Wir empfanden eine unerklärliche Sympathie und großen Respekt ihm gegenüber, der mit soviel Geschick und Ernst Dinge in Angriff nahm, die den anderen Angst machten. Es kam sogar öfter vor, daß der alte Polde, nachdem er vor einer Beerdigung zuviel getrunken hatte, beim Herunterlassen des Sarges deutlich schwankte. So fiel er manchmal zur großen Freude der

Kinder in das Loch. Diese wußten nicht, was der Tod war, und lachten aus vollem Herzen. Ihre Fröhlichkeit steigerte sich noch, wenn zwei kräftige Männer ihm die Hand reichten und ihn wieder nach oben zogen. Er war der einzige, der dem Tod zu begegnen wußte, und er erinnerte dabei an einen dummen August.

Wie würde sich dies alles ohne den alten Komplizen des Todes abspielen, fragte ich mich, als ich aufs neue in meiner rechten Hand die des kleinen Mädchens spürte, das so resigniert und nachdenklich dem Trauerzug folgte.

Bei dieser Erzählung stieg es mir plötzlich wieder in der Kehle hoch, und ich mußte noch einmal in den Hof gehen. Am Küchenfenster konnte man immer noch die Grille ihr langes Abschiedslied an das Leben singen hören. In der Ferne nahm ich das Rauschen des Baches wahr, während der Atem des Siebenschläfers im Kastanienbaum die Stille durchbrach. In der Luft hing immer noch der vertraute Duft des Herbstes, der mich überraschte und mir schmerzlich meine Einsamkeit bewußt machte. Wie stets ging ich unter den Fenstern entlang. In der Stille hoffte ich, vom oberen Fenster her das Husten meiner Mutter zu hören, ihre beruhigende Gegenwart. Aber dieser Gedanke drückte mich noch mehr zu Boden.

Langsam erschien mir wieder das friedliche Bild der Augen meiner Mutter, die offen dem Tag begegneten und von einem seltsamen Leuchten erfüllt waren, das alle irdische Schwärze auslöschte. Ich merkte, daß wir unsere

Schritte verlangsamten und daß wir gleich anhalten, vielleicht sogar einige Schritte zurücktreten würden. Eine Stimme flüsterte mir zu, daß wir vielleicht gar nicht bis zum Friedhof gingen, daß wir vielleicht jemand anders begleiteten als sie. Aber der Wagen zog weiter, und im Wind, von allem entfernt und wie im Schwindel spürte ich die Menschengruppe, die vorwegging. Aus der Ferne, noch hinter den Bergen der Feenmärchen, hörte ich den Wind, und zur gleichen Zeit die Ketten, an denen jemand in die Erde gelassen wurde. Und wie in einem Märchen sagte ich zu dem kleinen Mädchen, daß wir jetzt eine Handvoll Erde hineinwerfen würden. Und es hat merkwürdig lange gedauert, bis die Erde auf dem Holz aufschlug. Dann wurde es ganz still, und ich habe nichts mehr um mich herum wahrgenommen.

Ich erinnere mich nicht mehr genau an die Rückkehr vom Friedhof. Plötzlich habe ich mich wieder auf der Asphaltstraße befunden, und mein Freund aus Triest hat mich nach Hause begleitet. Wir haben uns unterhalten, denn es erschien uns nötig, etwas zu sagen. Der Wind wehte immer noch. Es kam mir vor, als kehrten wir nach dem Säen von der Feldarbeit zurück, doch dann erklang in meinen Ohren wieder das Geräusch der Ketten, an denen man sie in die Erde hinuntergelassen hatte. Und doch war der Frühling dieses Jahr so früh da, es gab schon so viele Margeriten im Hof. Früher hatte man zu dieser Zeit ausgesät, das war alles, das erschien sinnvoll, und für die vorzeitige Aussaat fand ich keinen anderen Grund.

Schweigen
Dritte Sequenz

Ein Wind erhob sich, ein leichter Wind aus dem Norden. Ein Mann hat mich bis zu dem Ort begleitet, an dem alles angefangen hat. Ein Mann, ein Freund aus Triest...

Und wenn ich hierzu überhaupt nichts sagen würde, wenn ich erstarrt und halb erfroren warten würde, daß das Zimmer sich erwärmt und mir zu träumen gestattet?

Auch die Worte sind verschwunden, habe ich mir wieder gesagt, und warum hätten sie auch an meiner Seite bleiben sollen? Vor Weihnachten habe ich mich auf den Weg nach Ljubljana gemacht, um dort Fachleute nach der Ursache ihres Todes zu befragen. Sie hatten mir versprochen, mir eines Tages Erklärungen zu liefern, aber sie brauchten viel Zeit, so wie es immer der Fall ist bei außergewöhnlichen und bedeutenden Entdeckungen. Zeit, viel Zeit, und dann kommt alles: die Erklärungen, die Entdeckungen, die Enthüllungen.

Und wenn man mir gesagt und bestätigt hätte, es würde sich um eine wahrhaft biblische Enthüllung handeln, so hätte ich nicht eine Sekunde gezögert, das Gebet zu sprechen, mit dessen Hilfe man das langersehnte Wunder erreicht.

Ljubljana, der Autolärm, die Leuchtreklame an den Fassaden, die endlosen gepflasterten Straßen und weiter nichts. Der Freund, bei dem ich übernachtete, wohnte in der Nähe einer Statue, die einen Dichter in ganz eigenartiger Pose darstellte. Dieses Bild blieb auf meinen leeren Pupillen haften und brachte mir eine entfernte Wahrnehmung zurück.

Lange haben wir uns nachts unterhalten, und bis zum Ende war unser Gespräch untermalt von den Schritten der Passanten. Wir haben uns über gleichgültige Dinge unterhalten, denn schon vor Jahren waren wir stillschweigend übereingekommen, über das Wichtige zu schweigen; es erscheint uns sinnlos, das zu wiederholen, was schon so oft bis zur Erschöpfung ausdiskutiert worden war. Wie gewöhnlich sah jeder in eine andere Richtung. In unseren Gesprächen waren die Verweise und Anspielungen sich so ähnlich geworden, daß wir bei jeder neuen Entwicklung ein und dasselbe sagten, wie zwei altkluge Kinder, die in einer unendlichen Welt vergeblich nach den heißersehnten Überraschungen gesucht hatten.

»Es ist nun bald sieben Jahre her, daß ich meine Mutter verloren habe«, sagte er. »Und schon einige Monate, daß ich die meine verloren habe«, antwortete ich. Als zwei Freunde verstanden wir das Schweigen und wußten es zu dechiffrieren. Unsere Freundschaft überstieg die Ebene der Worte und umfaßte auch Begriffe all derjenigen Wörterbücher, die das grausame Spiel der Beweisbarkeit bereits eliminiert hatte. Diese Art von Gespräch erinnerte an Träume. Diese verlangen keine Erklärungen, doch je-

Slowenien

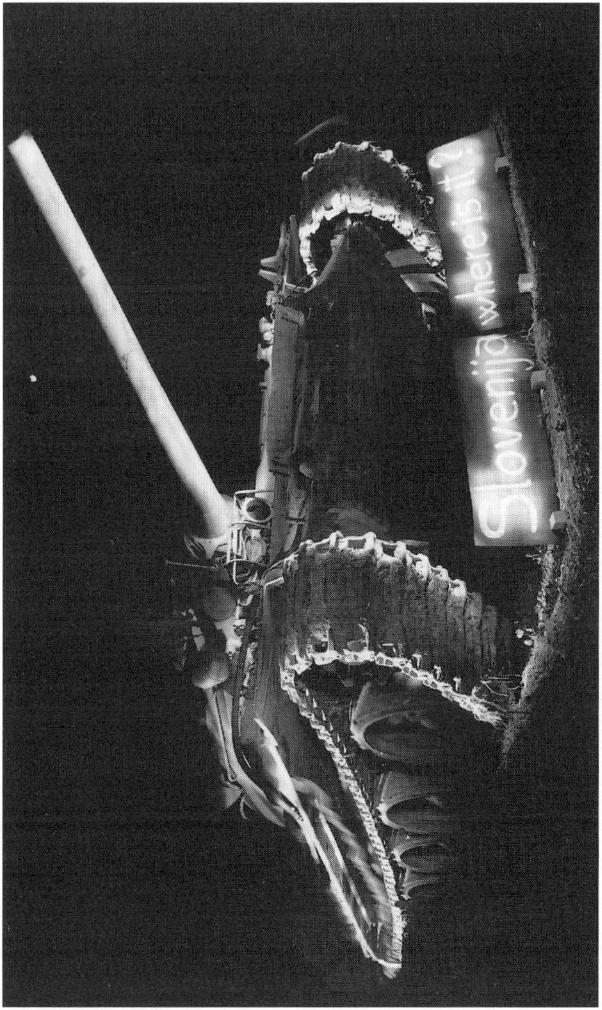

Slowenien

der träumt für sich allein. Das Wichtige war jedoch, daß wir überhaupt träumen konnten.

Am Morgen habe ich wieder bei der Abteilung angerufen, die auf Probleme des Sterbens spezialisiert ist. Sie haben versprochen, mir etwas zuzuschicken. Im Krankenhaus habe ich mich dann, nicht allein, einer Tür genähert, hinter der man bereits fröhlich auf das neue Jahr anstieß. Eine Genossin, die man allgemein als »Dame« bezeichnete, reichte mir einen großen Briefumschlag. Zu ihr paßte weder der eine noch der andere Begriff. Sie litt sehr unter ihren Arbeitsbedingungen, und hinter ihrer Liebenswürdigkeit verbarg sich ein tiefer Zynismus. Sie riet mir, von ihrem Diensttelefon aus noch den Experten in Sachen Tod anzurufen. Und schon streckte sie die Hand nach dem Hörer aus.

Wir haben einige höfliche Worte gewechselt, ich habe ihm für seine Bemühungen gedankt, obwohl ich noch nichts von seinen Ausführungen kannte. Ich wünschte mir nur, in meinem Gesprächspartner eine lebendige, brüderliche slowenische Seele zu finden, ein Gegenüber, das sich die Mühe machte, mir zu erklären, worum es sich bei diesen Dingen, die mit dem Tod zu tun hatten, nun genau handelte.

Dieser Mann war... ich konnte nichts sagen... und was hätte ich auch über diesen Experten sagen können? In bezug auf ihn hatte ich den erzwungenen Respekt eines Bittstellers. Schließlich einigten wir uns darauf, später noch einmal miteinander zu sprechen, da ich noch nicht die Zeit gefunden hatte, seinen Bericht zu lesen.

Auch sie war früher Bestandteil jener Welt, von der ich nun anfing, mir einen Begriff zu machen, und zwar mit Hilfe des Schriftstellers, der von »erniedrigtem Gebein« spricht. Draußen regnete es ständig, so daß ich mir den Regen überall vorstellen konnte, sogar auf dem kleinen Stückchen Erde, wo sie ruhte. Ich wußte, daß sie sich nicht gegen die alles durchdringende Feuchtigkeit der Erde schützen konnte und daß es dort, wo sie lag, kalt war. Und auch gegen die Windböen konnte sie sich nicht schützen; in ihrer unendlichen Hilflosigkeit war sie erniedrigt und ohne jede Stimme. Sie schwieg sogar, als man über die Art und Weise sowie den Grund ihres Sterbens Lügen zu verbreiten begann. Sie blieb stumm, als ihre Totengräber behaupteten, sie hätten nichts damit zu tun, so, als ginge es sie nichts an.

Auf die eine oder andere Weise und indem sie sich auf eine Art patriotischer Logik ihres gequälten Volkes stützten, versuchten sie wieder zu behaupten, daß der Tod das grundlegende Prinzip, dessen Wesen bekannt, dessen *modus vivendi* die Lüge sei. Es schien so, als wüßten sie alles, aber sie schrieben nichts...

Meine Mutter und das Slowenentum... Etwas ließ mich wieder erzittern und aufschrecken. Ich machte eine Pause und hörte dem Feuer zu, das ruhig die ganze Januarnacht hindurch im Ofen prasselte. Von fern hörte ich deutlich die Geräusche, die meine Mutter machte, wenn sie Holz nachlegte, und ich hatte den Eindruck, daß sie sich setzte, nachdem sie alles erledigt hatte, und ins Leere starrte, den halb gesenkten Kopf auf die rechte Hand gestützt. Glühend hat sich dieses Bild meinem Herzen ein-

Slowenien

geprägt, Wärme ausstrahlend, ohne es zu verbrennen, dem Grund meiner Seele, dort, wo die Dinge immer einen Wert hatten, dort, wo die Engel lebten. Es gab mir, der ich bis zur Erschöpfung durch die Banalitäten der slowenischen Verwaltung verletzt und ermüdet war, ein Gefühl der Ruhe und Sanftmut.

Und ohne es deutlich zu sagen, wußte ich, daß sie tot war, weil sie Slowenin war; nur in dieser Gegend konnten die Leute so sterben, ohne einen besonderen Anlaß, ohne daß jemand wüßte warum. Nur hier breitete sich eine unerklärliche, unüberwindliche Todesangst grundlos aus.

Von neuem habe ich versucht, mir die Unruhe meiner Mutter vorzustellen, während sie sich bemühte, den Grund für ihre ständige Müdigkeit zu finden. Aber müde und schwach, wie ich war, gab ich es auf und lauschte wieder dem Geräusch des Feuers. Dann stieg in mir wieder ein Gefühl der Trägheit auf, und mit meiner Hand habe ich das Bild neben dem Tisch verschleiert.

Statt dessen fiel mir wieder der Ausdruck »das erniedrigte Gebein« ein. Er erinnerte mich an die stumme Verbindung von Mutter und Slowenentum und ließ mich nicht mehr los. Die Tatsache, daß dieses Volk meine Sprache sprach, brachte mich endlich zum Schweigen. Letztendlich war mein Slowenien weit, anderswo. Trotz dieses Volkes, das mich von einem Ufer aufs andere warf, das mich schwanken ließ zwischen Liebe und Haß, suchte ich verzweifelt nach der rettenden Möglichkeit der Vergebung, nach der Möglichkeit, nicht zu hassen.

Im Ofen ließen sich immer noch die Flammen hören,

ein Zeichen dafür, daß die Kohlen noch glimmten, die ich durch die kleine Ofentür hineingeworfen hatte. Die leichte Wärme breitete sich nun eher nach innen aus als nach außen, und das war wichtig in diesem Winter. Nachdem ich mich etwas beruhigt hatte, begann ich die Zeilen des wissenschaftlichen Berichts zu überfliegen. Von einem klinischen Standpunkt aus (von einem klinischen Standpunkt aus, so wiederholte man) sei alles klar. Und ich konnte nicht daran zweifeln, daß man im Krankenhaus einen wirklichen Tod festgestellt hatte.

Aber heute, im 20. Jahrhundert, erschienen diese Feststellungen als vollkommen unglaubwürdig und märchenhaft. Und je mehr ich darüber nachdachte, um so mehr mußte ich mich vor diesen Papieren in Sicherheit bringen. Sie bezogen ihre Existenzberechtigung allein aus sich selbst und beriefen sich auf eine medizinische Ethik, die an den Haaren herbeigezogen war.

Eine Sitzung

Ich wartete schweigend, umgeben von einem Geruch von Kohlen, der mich daran hinderte, die Stimmen zu erkennen, die an diesem Samstagnachmittag gedämpft durch den Nebel klangen. Während ich ihre Nummer wählte, hatte ich den Eindruck, wieder mit jenem Glücksspiel zu beginnen, das man Hoffnung nennt, einem Spiel, das sich in Wirklichkeit in den Labyrinthen des Unsinns verliert. Trotzdem wollte ich noch einmal versuchen, mir das dumpfe Echo in Erinnerung zu rufen, das wie das Klopfen eines unerwünschten Taktes an meinen Schläfen widerhallte. Wie von einer unsichtbaren Macht gelenkt, haben mich Erinnerungen überwältigt, und ich mußte meine Arbeit unterbrechen und die Finger von den Tasten nehmen. Ich bin auf den Hof hinausgegangen und habe mich der sanften Erinnerung hingegeben, mich dem Feuer der Wahrheit überlassen, denn nur dort gab es Wahrheit, nur dort gab es keine Zweifel mehr. Dies alles verklang nach einer Weile, und ich habe mich wieder auf die anstehenden Dinge konzentriert. Vielleicht würde ich noch einmal zu ihnen zurückkehren und in ihren fahlen Gesichtern ein verstohlenes Lächeln suchen.

In Ljubljana erschien mir auch der Samstag in ein rötliches Licht getaucht, und tatsächlich unterschied er sich kaum von anderen Samstagen, wie ich sie in Paris, Brüssel oder Berlin erlebt habe. Vor allem handelte es sich um denselben Blick; nur die Nuancen waren anders. Obwohl sich ganz unerwartet alles auflöste, blieb in mir immer eine Röte zurück, besonders wenn ich versuchte, an einen Tag zu denken, der vollkommen anders hätte gewesen sein können.

In einem Gefühl von Langeweile und Trübsinn glitten meine Blicke vom Schwarz (das vielleicht in Wirklichkeit gar nicht diese Farbe hatte) zur weißen Tür und dann auf den gelben Gang, durch den sie kommen müßte. Sie näherte sich langsam. Inmitten meiner samstäglichen Rottöne ging ich ihr bis zu den Treppenstufen entgegen und zeichnete auf deren Weiße ein Schachbrettmuster. Ich wünschte mir, daß die Treppe, der Flur, die Tür auf diesen versprochenen Besuch hin existierten und darin ihren Sinn fänden.

Samstag... Wie ein Kontrapunkt erklangen Schritte auf der Treppe, Schritte, die noch nicht zu ihr gehörten. Aus ihrem Klang erriet ich, wohin sie sich bewegten. Und da ich zu warten gezwungen war, folgte ich allen Schritten bis zum ersten Klappern am Schlüsselloch. Wenn sie auf den Auslegeteppichen der Wohnungen verklangen, verlor ich ihre Spur. Im Laufe der Jahre hatte ich gelernt, eine Vielzahl von Schritten zu unterscheiden, und ich stellte mir dabei diejenigen vor, die vorbeigingen. Die Schritte der Kinder, die oft von lauten Ausrufen und fröhlichem Schreien begleitet waren, waren leicht zu erkennen. Ihr Anblick war für den Wartenden eine Erholung und vermittelte ein angenehmes Gefühl von Wirk-

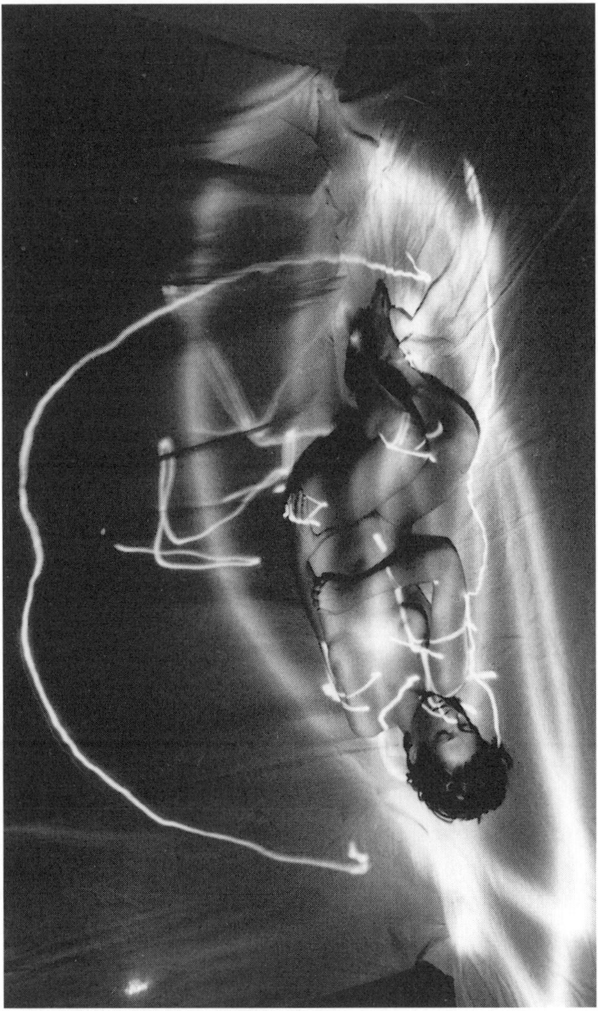

Zärtlichkeiten des Lichts

lichkeit. Sie allein ließen noch den Glauben an die Möglichkeit einer authentischen Existenz aufkommen. Sie beschworen diese unverständliche Tendenz des Lebens, die immer einen plausiblen Grund, und sei es auch nur einen Vorwand, für das Verlangen findet weiterzugehen. Merkwürdigerweise erschien es mir bei den Schritten der Kinder nie nötig, die Farbe Rot zu assoziieren. Am Samstag, oder auch an jedem anderen Tag, trugen sie einen Regenbogen mit sich, den die anhaltenden Strahlen einer lang vergangenen sonnigen Kindheit beleuchteten.

Gegen fünf Uhr ließen sich wieder neue Schritte auf der Treppe hören. Dieses Mal habe ich ihren Klang ohne besondere Aufmerksamkeit verfolgt, mehr aus Gewohnheit als aus Interesse. Entschlossen trampelten sie durch das Erdgeschoß, erklommen die Treppen und folgten dem Flur. Ihr verhaltenes Zögern beim Sichannähern an meine Tür ließ mich aufhorchen, und ich stellte mir ein abstraktes Porträt derjenigen vor, die versucht, die Schilder an den Türen zu entziffern, bevor sie eine Entscheidung trifft. Dann wurde dieses unvermutete Trippeln durch das Läuten der Klingel unterbrochen, die in der Nähe der Decke angebracht war. Ich erschrak fürchterlich. Ich näherte mich der Tür und fragte, wer da sei. Eine erstickte Stimme auf der anderen Seite der Tür nannte den Namen einer Stadt in der Nähe eines Kohlebergwerks. Sie drückte meine Hand und blieb regungslos an der Türschwelle stehen, bis ich endlich verstand und unter Entschuldigungen das Licht anknipste. Dann gingen wir in die Küche und wechselten einige höfliche Sätze. Sehr bald hieß es, daß sie nicht viel Zeit habe und daß ihre Mutter sie in einer guten Stunde abholen würde.

»Komm hierher, hier ist mein provisorisches Studio«, sagte ich und wies mit der Hand in das Zimmer, das bereitstand. »Zuerst würde ich gern ein paar Porträts machen«, erklärte ich schnell. Gehorsam setzte sie sich dem Objektiv gegenüber und suchte dann in einer kaum merkbaren Ratlosigkeit den Blick, den es nicht gab. Sie ließ mich an die Leute denken, die in einem Wartezimmer sitzen und sich unaufhörlich nach der Tür umdrehen, in der Hoffnung, endlich das »Treten Sie ein« zu hören, das sie erlösen würde. Aber es passierte nichts, und nichts würde passieren. Um sie zu beruhigen, flüsterte ich: »Sieh meine Hand an, sieh dorthin.« Ich nahm an, daß ihre Pupillen so für einen Moment verharren und meinem Tun einen Sinn geben würden.

Ganz in sich versunken und zugleich fasziniert, hat sie dann lange ihre sanften Blicke auf den Fotografen gerichtet, doch noch die kleinste Bewegung, die sie machte, war geprägt von der Angst, daß ihre Schönheit unerkannt bliebe. Darüber hinaus war sie beunruhigt, daß es unterschiedliche Arten von Blicken geben könnte, ihre und meine, und diese Furcht hinderte sie daran, einen ruhenden Punkt in sich zu finden. Der eine würde fragen: »Bin ich nicht schön?«, der andere sagen: »Ja, du bist sehr schön« – zwei vollkommen verschiedene Maßstäbe der Wirklichkeit. Die Anzeiger dieser seltsamen Schönheitswaage zögerten, sich in der herbeigesehnten Horizontale einzupendeln; sie schwankten im Rhythmus ihrer angestrengten Bemühungen. Wir schienen in unterschiedliche Richtungen zu sehen und jeder in einer anderen Sprache von der Schönheit zu sprechen. Unser stummer Austausch wurde nur vom Klicken des Verschlusses unterbrochen, der die gestohlenen Bilder sorgfältig aufbewahrte. Nach einem langen Schweigen wiederholte ich: »Sieh meine Hand an, meine Hand!« Aber nur ungern lösten sich ihre Blicke von dem Gesicht, das im Schatten lag, und suchten die Kreise meiner ausgestreckten Finger. Ihre Sehnsucht, im Blau meiner vergessenen Pupillen zu ertrinken, ließ ihre Augen müde werden. Als ihr Fotograf verbarg ich ihr nicht meine eigene Unzulänglichkeit. Wie in Trance versuchte ich, mittels meiner Stimme das Bild eines blauen Himmels erstehen zu lassen, ein noch so winziges Stück herbeizuzaubern jenseits der verdunkelnden Schatten unzähliger Worte. Damit mir dies gelänge, begann ich, von den fernen Wahrnehmungen eines hohen Himmels zu träumen, der sich hinter den Bergen wölbte. Doch dieses widerspenstige Bild verbarg sich hinter dem Horizont eines von unbezähmbarer kindlicher Angst befallenen Gedächtnisses und tauchte nur kurz hinter den vergessenen Mauern der Vergangenheit empor.

Ihren Blick auf meine linke Hand fand ich nicht überzeugend. Schrittweise rief ich mir die von Tintenflecken übersäte kleine Hand eines Kindes ins Gedächtnis, das gerade erst zu schreiben gelernt hatte. Doch dieses Bild war verschwommen und unscharf und entzog sich mir. Schließlich wollte ich ihm durch Kontrastierungen Schärfe verleihen. Ich versuchte angestrengt, mir die schönen, sanften Augen vorzustellen, denen es gelang, in

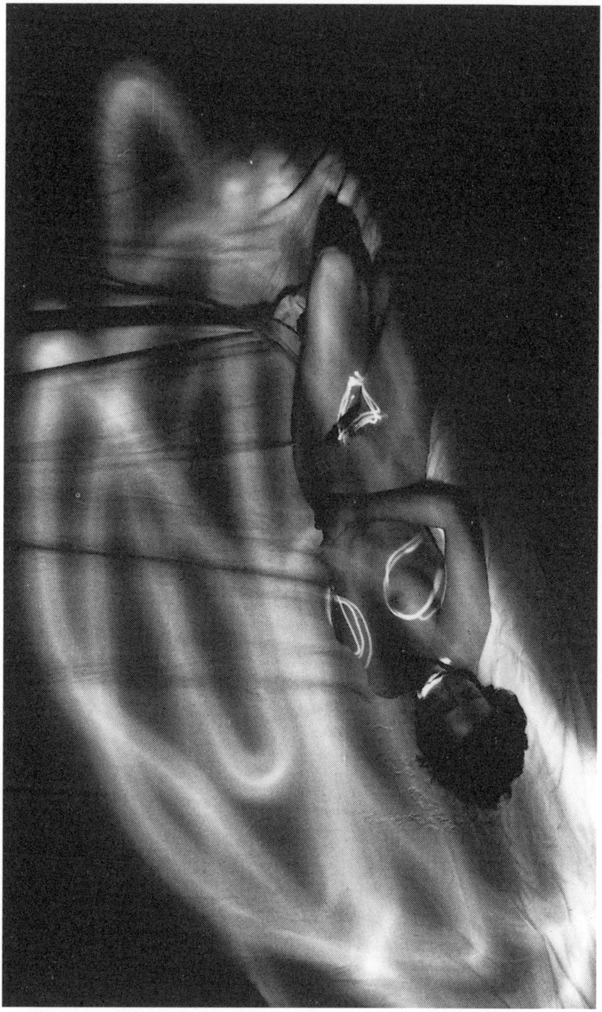

Zärtlichkeiten des Lichts

Zärtlichkeiten des Lichts

jenen entfernten Regionen, die mir nie wieder gehören würden, etwas unendlich Kostbares wahrzunehmen. Und wenn ich selbst nur eine verspätete Wiederauflage des Königs Matthias wäre, so spielte ich doch die Rolle, die ich gelernt hatte, und gab mich der Sache rückhaltlos hin. (Ein Held slowenischer Sagen. Er ist zusammen mit seinem Heer und einem jungen Mädchen in einer Höhle eingeschlafen. Während seines langen Schlafs wickelt sich sein Bart, der die verstreichende Zeit repräsentiert, um den Tisch, auf den er sich stützt. Endlich kommt ein junger Mann, der so stark ist, daß es ihm gelingt, das Schwert des Königs aus der Scheide zu ziehen. Der König, das Mädchen und die Truppen erwachen, und der Herrscher befreit mit seinem Heer das Volk.) Ich suchte nach einem Bild jenseits der Klänge der Gegenwart und erinnerte mich an das kleine Mädchen, das einst, leise den Blumen ihr Lied singend, auf der Wiese eines großen Hofes sich ganze Hände voll von Margeriten pflückte.

Meine zusammengepreßten Hände waren leer. Verkrampft und steif warteten sie vergeblich auf eine leichte Berührung, die sie lösen und die ihre Sehnsucht stillen würde. Ruhig, ohne zu zittern, streckten sie sich einem teilnahmslosen Himmel entgegen. In ihnen sammelte sich die ganze Kraft jahrhundertelangen Bettelns und Flehens, um in eine neue Unmöglichkeit umgeschmiedet zu werden. Doch ich bettelte nur im stillen, in einem hartnäckigen Schweigen, das sich jedes Wort verbat. Wozu noch sprechen? Ist denn nicht schon alles gesagt worden? Ein einziges erbarmungsloses Wort zwang sich meinem Körper auf und ließ meine Hände sich in einer verzweifelten Ruhe verkrampfen: Ich ähnelte dem ohnmächtigen Toten, dem man einen Rosenkranz zwischen die Finger schiebt, den dieser jahrhundertelang wird herunterbeten müssen. Nein, nur das nicht. Als ich mich wieder faßte, lehnte sich etwas in mir auf, und endlich begriff ich, daß die Mißverständnisse zwischen der jungen Frau und mir ein Ende haben müßten. Und warum? Ihr Mißverstehen allein war bereits genug. Aber in Wirklichkeit wurde mir dieses Bild von dem Spiegel des jungen Mädchens zurückgeworfen. Trotz aller Entschuldigungen, die ich für meine dunklen Gedanken fand, wußte ich genau, daß so sinistre Bilder sich nur denjenigen aufzwingen, die nicht sehen. Es erschien mir vollkommen selbstverständlich, daß diese Reflexe dann eine ganz Reihe der gewagtesten Phantasmen in die blinden Spiegel werfen.

In ihrer Schönheit erniedrigt, die sonst doch überall anerkannt wurde, übertrieben die jungen Frauen, und besonders diese hier, und rächten sich grausam für die objektive Gleichgültigkeit eines erstorbenen Blicks. Sie stellten sich alle möglichen Arten von Erscheinungen vor, um die zerbrechlichen Blicke, die von jenseits der Dunkelheit kamen, zu erschrecken, ihnen ihren Schmerz mitzuteilen und sie von ihrer körperlichen Gegenwart abzulenken.

Lange haben wir in die Schwärze gestarrt, die uns trennte. In unserer Unbeweglichkeit erinnerten wir an gehorsame Grenzschutzsoldaten, die darauf lauern, wer von beiden als erster die Waffe zieht. Genau wie sie war-

Der Spiegel

teten wir auf einen neuen Befehl, der nicht kam. »Wenn wir uns wenigstens noch für eine Weile hassen könnten«, dachte ich. »Dann könnte irgend etwas passieren, etwas anderes.« – »Wenn das nur aufhören würde«, dachte sie und beugte sich noch tiefer über das Trugbild ihrer Reize. Im Schatten der weißen Stadt wirkten die unversöhnlichen Verwünschungen stärker. Wenn sie nur wüßte, wie unglücklich wir waren in unserem Widerstand gegen den ungezähmten Willen unseres Königs, der dort hinten sorglos schnarchte, dort, hinter den Bergen, in der Höhle eines Kindermärchens. In seinem müden Atmen verklang die Auflehnung gegen dieses Schicksal und die Verfluchung einer Grenze, die man bis zur Absurdität aufrechterhalten mußte. »In diesem Aufschrei und dieser Rebellion durch die Jahrhunderte sind wir nicht allein«, dachte ich. Unzählige Paare waren uns vorausgegangen, und andere würden uns folgen. Wir hörten immer noch diesen Atem, den wir seit langem kannten, den Atem eines Königs, der keinen Befehl mehr erteilte. Doch vielleicht war er in dem Schweigen der Dämmerung verborgen, das uns überzog. Dieses Schweigen wurde immer unentbehrlicher, groß und unüberwindlich, es verwandelte sich in gewaltige Berge, die ihrem eingeschlummerten Herrscher unterwürfig die prächtigsten Räume anboten, damit wir noch länger in unserem bewegungslosen Zustand verharrten. Als es unserer Vorstellung endlich gelang, ein Licht auf den Umriß des Schlafenden zu werfen, zitterten wir fast vor Aufregung. Doch die Lippen des Königs bewegten sich nicht, sie ruhten unbeweglich auf den gekreuzten Armen, die auf dem runden Tisch lagen. Und man hörte wieder sein langes monotones Schnarchen. Vom Warten erschöpft und ohne jede Hoffnung auf ein Wort von ihm, versuchten wir vergeblich, uns sein Gesicht vorzustellen, und durchquerten alle Räume, um bis zu ihm vorzudringen, der uns vielleicht doch etwas sagen oder einfach nur hüsteln würde. Im Dunkeln tasteten wir uns auf Abhängen vor, auf der Suche nach neuen Höhlen und anderen Bildern eines Königs. Und obwohl dieses Bild schon so oft in tausend Stücke zersprungen war, die uns immer wieder entglitten, haben wir uns endlich wie zwei erschreckte Kinder vor dem Thron des Königs gebeugt.

Dieser Augenblick hat sich unmerklich ausgedehnt. Als ich dunkel spürte, daß auch ihre Hand sich nach etwas sehnte, habe ich Mut geschöpft und ihr gesagt: »Ich würde dich gern sehen.« Ich trat einen Schritt auf sie zu, und dann, als wollte ich mich auf ein langes Gebet vorbereiten, streckte ich meine Hände nach dem lockigen Rahmen ihres Gesichtes aus, erst die eine, dann die andere. Ihre Haare waren warm und anschmiegsam, und ich hatte den Eindruck, als würden sie sich unter meinen Händen beleben. Mein schwarzer Bildschirm wurde überflutet von kinematographischen Bewegungsabläufen. Ein kurzes Neigen des Kopfes verlieh ihrem sanften Blick Ruhe und Frieden. Der Unendlichkeit dieses Augenblicks bewußt, ließ ich unaufhörlich den Film und alle seine Bilder zurückspulen und von neuem ablaufen. Wie einst auf der Suche nach Sonnenuntergängen eilte ich über grüne Wiesen auf die gleißenden Kristalle zu, hinter denen sich das Mädchen verbarg. Ich sah sie ganz nah vor mir, dann von weitem aufleuchten wie ein Blitzlicht, das im tiefen Wald das Laub der Bäume erhellt, und suchte gleichzeitig mit den kontrollierten Gesten meiner Hände ihre sanfte Gegenwart. Nur einen Rahmen. Das Gesicht, verloren in einem kohlschwarzen Schatten, entzog sich immer.

»Wie schön du bist«, seufzte ich und versuchte, den bräunlichen Schleier aufzulösen, der ihr unsichtbares Land bedeckte, das am steilen Ufer eines schmutzigen Flusses lag. Ich sah nur die Silhouette eines großen Schornsteins, der seinen schwarzen Rauch über das Tal hinwegblies. Auf den kleinen Straßen hallte das Echo ihrer Stimme, die einen Hund rief. Dies war wirklich nicht genug für meine ausgehungerten Blicke. Da ich so wenig von ihr wußte, gelang es mir nicht, ein schärfer umrissenes Porträt zu zeichnen. Das Bild war überdies bedeckt mit Rost und Staub. Nur kurz verlieh eine aufleuchtende Hoffnung der braunen Leinwand den Schein der Durchsichtigkeit.

Mit ihrem Einverständnis begann ich, mit kleinen Strichen die Lippen zu zeichnen. Dann fing ich an, mir unbekannte Konturen nachzuziehen, und verhielt an den Stellen, die am hellsten aufleuchteten und mich schmerzhaft an alte Verbote erinnerten. Mit einer weit ausholenden Bewegung stieß sie mich in dem Moment zurück, in dem ich den Entwurf ihres Gesichts fast beendet hatte und meine Hand sehnsüchtig nach den letzten Teilen des Puzzles suchte.

Würden wir denn nicht weiterarbeiten, fragte sie. Ich murmelte eine Entschuldigung und wandte mich wieder

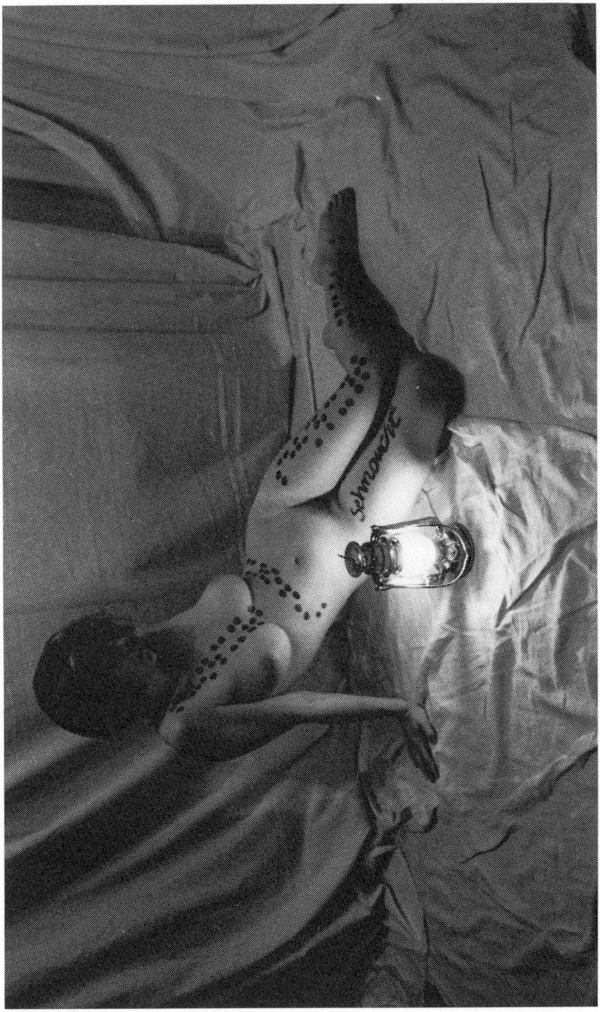

Zärtlichkeiten des Lichts

der Wirklichkeit zu, hinter dem Apparat verborgen, der fortfuhr, die diversen Einzelteile ihres Gesichts mit Hilfe von Photonen zusammenzusetzen, die für meinen verletzten Blick viel zu winzig waren. Noch einmal habe ich mich meinen Träumen hingegeben, grauen Träumen von einem langen Bart, der über den Tisch des schlafenden Königs glitt und sich verlor in den Räumen der davonfließenden Zeit und des schweigenden Untergangs der gemeinsam durchlebten Augenblicke. In den grauschimmernden Strahlen spürte ich ihre warme Hand nicht; sie tastete sich anderswo vor, in einer anderen Welt, dorthin, wo ich das Bild ihres Gesichtes abgelegt hatte, um an den Abenden der Erinnerung an diesen Ort zurückzukehren. In einer Art Ekstase sah ich, wie sich der Bart in zwei große Schlangen verwandelte, die sich immer fester um meinen Körper wanden. Instinktiv legte ich die Hand an den Hals, um zu verhindern, daß die grauen Bestien den einzigen Ort der Freiheit, der mir geblieben war, abriegelten; und entgegen den Wünschen des Herrschers entschloß ich mich, nicht nachzugeben. Ich schüttelte weiter den Kopf in alle Richtungen – obwohl mein Körper dabei starr bleiben mußte. Angesichts meiner Hartnäkkigkeit rührten sich auch die Schlangen nicht mehr und tauchten ihre weißen Pupillen in meine.

Alles war ruhig, und ich mußte mich zwischen Schlaf und Wachen entscheiden. Ich zögerte nicht lange, denn ein leises Seufzen meiner Zeitgenossin, das ich jenseits der weißen Erscheinung vernahm, befahl mir wachzubleiben. Dem schlafenden König gefiel dies zwar nicht, doch ich hatte das Recht, mir ein wenig Hoffnung zu

Taktiler Blick

bewahren. Vielleicht wäre diese Entscheidung in jedem anderen Teil seines Königreichs weniger riskant gewesen als ausgerechnet hier in der weißen Stadt. Sie war ein wahrer Zufluchtsort für die Gehorsamen und die Schlafenden, für alle diejenigen, die sich dem berühmten Schläfer vorbehaltlos unterwarfen. Und selbst wenn sie tatsächlich nicht die ganze Zeit über schliefen, so taten sie doch zumindest so, während sie sich um all ihre wichtigen oder unwichtigen finanziellen Angelegenheiten kümmerten.

Und genauso waren auch die Mädchen, die dort die Rolle des Schneewittchens spielten, die aber in Wirklichkeit in ihren bürgerlichen Burgen und Zitadellen von morgens bis abends auf den reichsten Prinzen warteten. Später würden sie dann erzählen, wie tief sie geschlafen hätten, und würden auch zu erklären haben, warum ihr Schloß nicht von einem Dickicht umgeben war.

Auch ich, der Fotograf, war einer jener abgewiesenen Gäste, die alle nur davon träumten, in der weißen Stadt Bleiberecht zu erhalten. Und während sie auf dieses Privileg warteten, mußten sie sich in den schäbigen Bahnhofsrestaurants verbergen, in einer alles erfassenden Gleichgültigkeit. Wie Schatten irrten sie einsam und verachtet in den verschiedenen Stadtvierteln umher und stolperten, indem sie immer den Schneewittchen hinterherliefen, auf den unglaublich steilen Treppen herum, die zur verschlossenen Tür des Palastes führten. Ich, der Fotograf, gehörte auch zu den unerwünschten Gästen dieser Stadt. Ich wußte, daß ich wegen meiner Träume und Sehnsüchte in die Stadt des schlafenden Königs gekommen war, kaum noch in der Hoffnung, eines Tages wirklich die Schlüssel zu den Stadttoren zu finden, die zur Verzauberung führten. Wegen dieser unerfüllten Sehnsüchte verschleuderte ich meine Träume und meine Jugend. Ich hoffte immer darauf, daß an einem nebligen Morgen der Geruch eines guten Kaffees trotzdem bis zu seiner Hoheit vordringen und ihn aufwecken würde, und sei es auch nur ein wenig, und daß danach alles anders wäre. Denn selbst für einen König war es wahrscheinlich nicht so angenehm, sich dauernd auf den Tisch aufzustützen und dabei auch noch die Stadt zu regieren.

Dieser Samstagnachmittag hätte den verhängnisvollen Lauf der Dinge ändern können, denn mit dem Mädchen hatte ich mich an den Thron des Herrschers herangeschlichen. In unseren Herzen ist noch einmal die Hoffnung erwacht, und getrieben von unseren Wünschen, haben wir mit unsteten Bewegungen angefangen, den unerwünschten Graubart zurückzutreiben. Ich war mir sicher, daß auch das Mädchen von der Notwendigkeit dieses schwierigen Unterfangens überzeugt war, und schöpfte wieder Mut.

»Zieh dich aus«, flüsterte ich. »Wir werden Aktfotos machen.«

Duino
Hommage für die *Elegien*

Traum eines Engels in Duino

Traum eines Engels in Duino

Traum eines Engels in Duino

Traum eines Engels in Duino

Ausstellungen

1987 »Carré noir sur vos nuits blanches«, April 1987, Sunset (Jazzclub), Paris

1989 »Narcisse sans miroir«, Juni 1989, Galerie Finnegan's, Straßburg
»Evgen Bavčar, fotografije«, Oktober 1989, Galerija Rika Debenjaka, Kanal
»Evgen Bavčar, fotografije«, November 1989, Gorizia, Italien
»Evgen Bavčar, fotografije«, Oktober/November 1989, Celovec, Klagenfurt

1990 »Licht ohne Schatten«, Januar 1990, Museum für Fotografie, Braunschweig
»Photographies«, März 1990, Centre culturel français de Ljubljana
»Die Bilder des blinden Fotografen«, Juni 1990, Galerie Photographie, Hamburg
»Evgen Bavčar. Der blinde Fotograf«, Juni 1990, Photoforum Pasquart, Biel
»Evgen Bavčar. Der blinde Fotograf«, Juni 1990, Foto folie, Zürich
»Innen und Aussen«, Juli 1990, Akademie der Künste, Berlin
»Les images d'ailleurs«, Juli/September 1990, FNAC Forum, Paris
»Evgen Bavčar, le photographe aveugle«, Dezember 1990, Ecole municipale des beaux-arts à Boulogne-sur-mer

1991 »Licht ohne Schatten«, Februar 1991, Museum für Fotografie, Braunschweig
»Evgen Bavčar. Innenbilder/Zufallsbilder«, 3.3. 1991, Fabrik-Foto-Forum, Hamburg
»Photographies«, März 1991, Ecole municipale des beaux-arts a Chatellerault

»Fotografias de Evgen Bavčar«, April 1991, Almediterranea 92, Escuela de artes aplicadas y oficios artisticos de Almeria
»Photographies«, April 1991, Galerie Espace Saint-Cyprien, Toulouse
»Ausstellung: Ruine der Künste«, Mai 1991, Kunsthalle Palazzo Liestal, Basel
»Images d'ailleurs«, Mai 1991, Institut français, Dresden
»Vision without sight«, April 1991, Maison française d'Oxford, Oxford
»Jahre des Lichts«, September 1991, Institut français, Berlin

1992 »Der blinde Spiegel«, Mai 1992, Städtische Galerie, Wolfsburg
»Exposition«, Juni 1992, Galerie Finnegan's, Straßburg
»Visions«, Juli/September 1992, FNAC – Espace Saint Christoly, Bordeaux
»Neue Bilder des blinden Fotografen«, August 1992, Café Aroma – Fotogalerie, Berlin
»Ausstellung«, September 1992, Galerie Niedlich, Stuttgart
»Nuits«, September 1992, Galerie Isabelle Bongard, Paris
»Aydinlanmis Goruntuler«, September 1992, TCDD Sanat Galerisi, Gar, Ankara

1993 »Exposition«, Januar 1993, Espace Jacques Prévert, Aulnay-sous-bois
»Visions«, Februar 1993, Galeries Photo FNAC, Nancy
»A la lecture d'une memoire«, April/Mai 1993, Galerie Finnegan's, Straßburg
»Visions«, Mai/Juni 1993, Galeries Photo FNAC, Angers
»Donker licht«, Mai/Juni 1993, Galerie Melkweg, Amsterdam
»Evgen Bavčar: le regard rapproche«, Juli/August 1993, Agen
»Evgen Bavčar: Le regard rapproche«, September/Oktober 1993, Lectoure

»Exposicao«, 22. August 1993, Museu de Arte Contemporanea (Sao Paulo)
»Visions«, 24. 8. bis 9. 10. 1993, Galeries Photo FNAC

1994 »Visions«, 18. 1. bis 5. 3. 1994, Galeries Photo FNAC
»Shooting Blind«, 18. 1. bis 4. 3. 1994, Ezra and Cecile Zilkha Gallery
»Le voyeur absolu«, 18. 1. bis 5. 3. 1994, Galeries Photo FNAC, Toulon
»Pfingstschema«, 21. 5. bis 3. 7. 1994, Schloß Plüschow, Mecklenburgisches Künstlerhaus, Plüschow

Hommage für Peter Handke, Quelle Sainte-Marie

Inhalt

Wege
9
Der Wind
23
Die Schwalben
35
Ljubljana, Fragmente einer Sehnsucht
73
Schweigen
Erste Sequenz
83
Schweigen
Zweite Sequenz
93
Schweigen
Dritte Sequenz
107
Eine Sitzung
117
Duino
Hommage für die *Elegien*
137

edition suhrkamp
Eine Auswahl

Abelshauser: Wirtschaftsgeschichte der Bundesrepublik Deutschland 1945-1980. NHB. es 1241
Achebe: Okonkwo oder Das Alte stürzt. es 1138
Adorno: Eingriffe. es 10
– Gesellschaftstheorie und Kulturkritik. es 772
– Kritik. es 469
– Ohne Leitbild. es 201
– Stichworte. es 347
Bachtin: Die Ästhetik des Wortes. es 967
Barthes: Kritik und Wahrheit. es 218
– Leçon/Lektion. es 1030
– Mythen des Alltags. es 92
– Semiologisches Abenteuer. es 1441
– Die Sprache der Mode. es 1318
Beck: Gegengifte. es 1468
– Die Erfindung des Politischen. es 1780
– Risikogesellschaft. es 1365
Becker: Warnung vor dem Schriftsteller. es 1601
Beckett: Endspiel. Fin de Partie. es 96
– Flötentöne. es 1098
Benjamin: Das Kunstwerk im Zeitalter seiner technischen Reproduzierbarkeit. es 28
– Moskauer Tagebuch. es 1020
– Das Passagen-Werk. es 1200
– Versuche über Brecht. es 172
Bernecker: Sozialgeschichte Spaniens im 19. und 20. Jahrhundert. NHB. es 1540
Bernhard: Der deutsche Mittagstisch. es 1480
Biesheuvel: Schrei aus dem Souterrain. es 1179
Bildlichkeit. Hg. von V. Bohn. es 1475
Bleisch: Viertes Deutschland. es 1719
Bloch für Leser der neunziger Jahre. es 1827
Bloch: Abschied von der Utopie? es 1046
– Kampf, nicht Krieg. es 1167
Boal: Theater der Unterdrückten. es 1361
Böhme, G.: Natürliche Natur. es 1680
Böhme, H.: Prolegomena zu einer Sozial- und Wirtschaftsgeschichte Deutschlands im 19. und 20. Jahrhundert. es 253
Bohrer: Die Kritik der Romantik. es 1551
– Der romantische Brief. es 1582
Bond: Gesammelte Stücke. 2 Bde. es 1340
Botzenhart: Reform, Restauration, Krise. NHB. es 1252
Boullosa: Sie sind Kühe, wir sind Schweine. es 1866
Bourdieu: Rede und Antwort. es 1547
– Soziologische Fragen. es 1872
Bovenschen: Die imaginierte Weiblichkeit. es 921
Brandão: Kein Land wie dieses. es 1236
Brasch: Frauen. Krieg. Lustspiel. es 1469
– Lovely Rita. Rotter. Lieber Georg. es 1562

316/1/6.93

edition suhrkamp
Eine Auswahl

Braun: Böhmen am Meer. es 1784
– Verheerende Folgen mangelnden Anscheins innerbetrieblicher Demokratie. es 1473
Brecht: Der aufhaltsame Aufstieg des Arturo Ui. es 144
– Aufstieg und Fall der Stadt Mahagonny. es 21
– Ausgewählte Gedichte. es 86
– Baal. es 170
– Buckower Elegien. es 1397
– Die Dreigroschenoper. es 229
– Furcht und Elend des Dritten Reiches. es 392
– Die Geschäfte des Herrn Julius Caesar. es 332
– Die Gesichte der Simone Machard. es 369
– Die Gewehre der Frau Carrar. es 219
– Der gute Mensch von Sezuan. es 73
– Die heilige Johanna der Schlachthöfe. es 113
– Herr Puntila und sein Knecht Matti. es 105
– Der kaukasische Kreidekreis. es 31
– Leben des Galilei. es 1
– Leben Eduards des Zweiten von England. es 245
– Mann ist Mann. es 259
– Die Mutter. es 200
– Mutter Courage und ihre Kinder. es 49
– Der Ozeanflug. Die Horatier und die Kuratier. Die Maßnahme. es 222
– Schweyk im zweiten Weltkrieg. es 132
– Die Tage der Commune. es 169
– Trommeln in der Nacht. es 490
– Über Politik auf dem Theater. es 465
– Das Verhör des Lukullus. es 740
Brecht für Leser der neunziger Jahre. Hg. von S. Unseld. es 1826
Brunkhorst: Der Intellektuelle im Land der Mandarine. es 1403
Bubner: Ästhetische Erfahrung. es 1564
– Zwischenrufe. Aus den bewegten Jahren. es 1814
Buch: Der Herbst des großen Kommunikators. es 1344
– Die Nähe und die Ferne. es 1663
– Waldspaziergang. es 1412
Bürger: Theorie der Avantgarde. es 727
Burkhardt: Der Dreißigjährige Krieg 1618-1648. NHB. es 1542
Butler: Das Unbehagen der Geschlechter. es 1722
Celan: Ausgewählte Gedichte. Zwei Reden. es 262
Cortázar: Letzte Runde. es 1140
– Das Observatorium. es 1527
– Reise um den Tag in 80 Welten. es 1045
Dedecius: Poetik der Polen. es 1690
Dekonstruktiver Feminismus. Hg. von B. Vinken. es 1678
Deleuze: Logik des Sinns. es 1707
– Verhandlungen. es 1778

316/2/6.93

edition suhrkamp
Eine Auswahl

Denken, das an der Zeit ist. Hg. von F. Rötzer. es 1406
Derrida: Das andere Kap. Die aufgeschobene Demokratie. es 1769
– Gesetzeskraft. es 1645
Dieckmann: Glockenläuten und offene Fragen. es 1644
– Vom Einbringen. es 1713
Digitaler Schein. Hg. von F. Rötzer. es 1599
Dinescu: Exil im Pfefferkorn. es 1589
Ditlevsen: Sucht. es 1009
– Wilhelms Zimmer. es 1076
Dorst: Toller. es 294
Drawert: Spiegelland. es 1715
Dröge / Krämer-Badoni: Die Kneipe. es 1380
Duerr: Traumzeit. es 1345
Duras: Eden Cinéma. es 1443
– La Musica Zwei. es 1408
– Sommer 1980. es 1205
– Vera Baxter oder Die Atlantikstrände. es 1389
Eco: Zeichen. es 895
Ehmer: Sozialgeschichte des Alters. NHB. es 1541
Eich: Botschaften des Regens. es 48
Elias: Humana conditio. es 1384
Norbert Elias über sich selbst. es 1590
Engler: Die zivilisatorische Lükke. es 1772
Enzensberger: Blindenschrift. es 217
– Einzelheiten I. es 63
– Einzelheiten II. es 87
– Die Furie des Verschwindens. es 1066
– Landessprache. es 304
– Palaver. es 696
– Das Verhör von Habana. es 553
Eppler: Kavalleriepferde beim Hornsignal. es 1788
Erste Einsichten. Hg. von Ch. Döring und H. Steinert. es 1592
Esser: Gewerkschaften in der Krise. es 1131
Evans: Im Schatten Hitlers? es 1637
Ewald: Der Vorsorgestaat. es 1676
Federman: Surfiction: Der Weg der Literatur. es 1667
Feminismus. Inspektion der Herrenkultur. Hg. von L. F. Pusch. es 1192
Fernández Cubas: Das geschenkte Jahr. es 1549
Feyerabend: Erkenntnis für freie Menschen. es 1011
– Wissenschaft als Kunst. es 1231
Fortschritte der Naturzerstörung. Hg. von R. P. Sieferle. es 1489
Foucault: Psychologie und Geisteskrankheit. es 272
– Raymond Roussel. es 1559
Denken und Existenz bei Michel Foucault. Hg. von W. Schmid. es 1657
Spiele der Wahrheit. Hg. von F. Ewald und B. Waldenfels. es 1640
Frank: Einführung in die frühromantische Ästhetik. es 1536
– Gott im Exil. es 1506
– Der kommende Gott. es 1142

316/3/6.93

edition suhrkamp
Eine Auswahl

Frank: Motive der Moderne. es 1456
– Die Unhintergehbarkeit von Individualität. es 1377
– Was ist Neostrukturalismus? es 1203
Frevert: Frauen-Geschichte. NHB. es 1284
Frisch: Biedermann und die Brandstifter. es 41
– Die Chinesische Mauer. es 65
– Don Juan oder Die Liebe zur Geometrie. es 4
– Frühe Stücke. es 154
– Graf Öderland. es 32
García Morales: Die Logik des Vampirs. es 1871
– Das Schweigen der Sirenen. es 1647
Gedächtniskunst. Hg. von A. Haverkamp und R. Lachmann. es 1653
Geist gegen den Zeitgeist. Hg. von J. Früchtl und M. Calloni. es 1630
Geyer: Deutsche Rüstungspolitik 1860-1980. NHB. es 1246
Goetz: Festung. 5 Bde. es 1793-1795
– Festung. es 1793
– Krieg. 2 Bde. es 1320
– Kronos. es 1795
– 1989. 3 Bde. es 1794
Goffman: Asyle. es 678
Gorz: Der Verräter. es 988
Goytisolo: Die Quarantäne. es 1874
Grassmuck / Unverzagt: Das Müll-System. es 1652
Gstrein: Anderntags. es 1625
– Einer. es 1483
Habermas: Eine Art Schadensabwicklung. es 1453
– Legitimationsprobleme im Spätkapitalismus. es 623
– Die nachholende Revolution. es 1633
– Die Neue Unübersichtlichkeit. es 1321
– Technik und Wissenschaft als Ideologie. es 287
– Theorie des kommunikativen Handelns. es 1502
Hänny: Zürich, Anfang September. es 1079
Hahn: Unter falschem Namen. es 1723
Handke: Die Innenwelt der Außenwelt der Innenwelt. es 307
– Kaspar. es 322
– Phantasien der Wiederholung. es 1168
– Publikumsbeschimpfung und andere Sprechstücke. es 177
Happel: Grüne Nachmittage. es 1570
Henrich: Konzepte. es 1400
– Nach dem Ende der Teilung. es 1813
– Eine Republik Deutschland. es 1658
Hensel: Im Schlauch. es 1815
Hentschel: Geschichte der deutschen Sozialpolitik 1880-1980. NHB. es 1247
Hettche: Inkubation. es 1787
Die Hexen der Neuzeit. Hg. von C. Honegger. es 743
Hijiya-Kirschnereit: Was heißt: Japanische Literatur verstehen? es 1608

316/4/6.93

edition suhrkamp
Eine Auswahl

Hodjak: Franz, Geschichtensammler. es 1698
– Siebenbürgische Sprechübung. es 1622
Holbein: Der belauschte Lärm. es 1643
– Ozeanische Sekunde. es 1771
– Samthase und Odradek. es 1575
Huchel: Gedichte. es 1828
Irigaray: Speculum. es 946
Jahoda / Lazarsfeld / Zeisel: Die Arbeitslosen von Marienthal. es 769
Jansen: Reisswolf. es 1693
Jasper: Die gescheiterte Zähmung. NHB. es 1270
Jauß: Literaturgeschichte als Provokation. es 418
Johnson: Begleitumstände. es 1820
– Das dritte Buch über Achim. es 1819
– Der 5. Kanal. es 1336
– Ingrid Babendererde. es 1817
– Jahrestage 1. es 1822
– Jahrestage 2. es 1823
– Jahrestage 3. es 1824
– Jahrestage 4. es 1825
– Mutmassungen über Jakob. es 1818
– Porträts und Erinnerungen. es 1499
– Versuch, einen Vater zu finden. Marthas Ferien. es 1416
Über Uwe Johnson. es 1821
Jones: Frauen, die töten. es 1350
Joyce: Finnegans Wake. es 1524
– Penelope. es 1106
Judentum im deutschen Sprachraum. Hg. von K. E. Grözinger. es 1613
Junior: Jorge, der Brasilianer. es 1571
Kenner: Ulysses. es 1104
Kiesewetter: Industrielle Revolution in Deutschland 1815-1914. NHB. es 1539
Kipphardt: In der Sache J. Robert Oppenheimer. es 64
Kirchhoff: Body-Building. es 1005
Kluge, A.: Gelegenheitsarbeit einer Sklavin. es 733
– Lernprozesse mit tödlichem Ausgang. es 665
– Schlachtbeschreibung. es 1193
Kluge, U.: Die deutsche Revolution 1918/1919. NHB. es 1262
Köhler: Deutsches Roulette. es 1642
Koeppen: Morgenrot. es 1454
Kolbe: Bornholm II. es 1402
– Hineingeboren. es 1110
Konrád: Antipolitik. es 1293
– Die Melancholie der Wiedergeburt. es 1720
– Stimmungsbericht. es 1394
Krechel: Mit dem Körper des Vaters spielen. es 1716
Krippendorff: Politische Interpretationen. es 1576
– Staat und Krieg. es 1305
– »Wie die Großen mit den Menschen spielen.« es 1486
Kristeva: Fremde sind wir uns selbst. es 1604

316/5/6.93

edition suhrkamp
Eine Auswahl

Kristeva: Geschichten von der Liebe. es 1482
– Die Revolution der poetischen Sprache. es 949
Kritische Theorie und Studentenbewegung. es 1517
Kroetz: Bauern sterben. es 1388
– Bauerntheater. es 1659
– Furcht und Hoffnung der BRD. es 1291
– Mensch Meier. Der stramme Max. Wer durchs Laub geht ... es 753
– Nicht Fisch nicht Fleisch. Verfassungsfeinde. Jumbo-Track. es 1094
– Oberösterreich. Dolomitenstadt Lienz. Maria Magdalena. Münchner Kindl. es 707
– Stallerhof. Geisterbahn. Lieber Fritz. Wunschkonzert. es 586
Krynicki: Wunde der Wahrheit. es 1664
Laederach: Fahles Ende kleiner Begierden. es 1075
– Der zweite Sinn. es 1455
Lang / McDannell: Der Himmel. es 1586
Lehnert: Sozialdemokratie zwischen Protestbewegung und Regierungspartei 1848-1983. NHB. es 1248
Lem: Dialoge. es 1013
Lenz, H.: Leben und Schreiben. es 1425
Leroi-Gourhan: Die Religionen der Vorgeschichte. es 1073
Leutenegger: Lebewohl, Gute Reise. es 1001
– Das verlorene Monument. es 1315
Lévi-Strauss: Das Ende des Totemismus. es 128
– Mythos und Bedeutung. es 1027
Die Listen der Mode. Hg. von S. Bovenschen. es 1338
»Literaturentwicklungsprozesse«. Die Zensur der Literatur in der DDR.
Hg. von E. Wichner und H. Wiesner. es 1782
Llamazares: Der gelbe Regen. es 1660
Löwenthal: Mitmachen wollte ich nie. es 1014
Lüderssen: Der Staat geht unter – das Unrecht bleibt? es 1810
Lukács: Gelebtes Denken. es 1088
Maeffert: Bruchstellen. es 1387
de Man: Die Ideologie des Ästhetischen. es 1682
Marcus: Umkehrung der Moral. es 903
Marcuse: Ideen zu einer kritischen Theorie der Gesellschaft. es 300
Maruyama: Denken in Japan. es 1398
Mattenklott: Blindgänger. es 1343
Mayer: Gelebte Literatur. es 1427
– Versuche über die Oper. es 1050
Mayröcker: Magische Blätter. es 1202
– Magische Blätter II. es 1421
– Magische Blätter III. es 1646
Meckel: Von den Luftgeschäften der Poesie. es 1578

316/6/6.93

edition suhrkamp
Eine Auswahl

Medienmacht im Nord-Süd-Konflikt. Friedensanalysen Bd. 18. es 1166
Menninghaus: Paul Celan. es 1026
Menzel / Senghaas: Europas Entwicklung und die Dritte Welt. es 1393
Millás: Dein verwirrender Name. es 1623
Miłosz: Zeichen im Dunkel. es 995
Mitscherlich: Krankheit als Konflikt. es 164
– Die Unwirtlichkeit unserer Städte. es 123
Mitterauer: Sozialgeschichte der Jugend. NHB. es 1278
Möller: Vernunft und Kritik. NHB. es 1269
Morshäuser: Hauptsache Deutsch. es 1626
Moser: Besuche bei den Brüdern und Schwestern. es 1686
– Eine fast normale Familie. es 1223
– Der Psychoanalytiker als sprechende Attrappe. es 1404
– Romane als Krankengeschichten. es 1304
Muschg: Literatur als Therapie? es 1065
Mythos ohne Illusion. es 1220
Mythos und Moderne. es 1144
Nakane: Die Struktur der japanischen Gesellschaft. es 1204
Negt / Kluge: Geschichte und Eigensinn. es 1700
Ngũgĩ wa Thiong'o: Der gekreuzigte Teufel. es 1199
Nizon: Am Schreiben gehen. es 1328
Nooteboom: Berliner Notizen. es 1639
– Wie wird man Europäer? es 1869
Oehler: Pariser Bilder I (1830-1848). es 725
– Ein Höllensturz der Alten Welt. es 1422
Oppenheim: Husch, husch, der schönste Vokal entleert sich. es 1232
Oz: Politische Essays. es 1876
Paetzke: Andersdenkende in Ungarn. es 1379
Paz: Der menschenfreundliche Menschenfresser. es 1064
– Suche nach einer Mitte. es 1008
– Zwiesprache. es 1290
Petri: Schöner und unerbittlicher Mummenschanz. es 1528
Plenzdorf: Zeit der Wölfe. Ein Tag, länger als das Leben. es 1638
Politik der Armut und die Spaltung des Sozialstaats. Hg. von S. Leibfried und F. Tennstedt. es 1233
Politik ohne Projekt? Hg. von S. Unseld. es 1812
Powell: Edisto. es 1332
– Eine Frau mit Namen Drown. es 1516
Ein Pronomen ist verhaftet verhaftet worden. Hg. von E. Wichner. es 1671
Pusch: Alle Menschen werden Schwestern. es 1565
– Das Deutsche als Männersprache. es 1217

316/7/6.93

edition suhrkamp
Eine Auswahl

Raimbault: Kinder sprechen vom Tod. es 993
Rakusa: Steppe. es 1634
Reichert: Vielfacher Schriftsinn. es 1525
Ribeiro, D.: Unterentwicklung, Kultur und Zivilisation. es 1018
Ribeiro, J. U.: Sargento Getúlio. es 1183
Rodinson: Die Araber. es 1051
Rohe: Wahlen und Wählertraditionen in Deutschland. es 1544
Rosenboom: Eine teure Freundschaft. es 1607
Rosenlöcher: Die verkauften Pflastersteine. es 1635
– Die Wiederentdeckung des Gehens beim Wandern. es 1685
Roth: Die einzige Geschichte. es 1368
– Das Ganze ein Stück. es 1399
– Krötenbrunnen. es 1319
– Die Wachsamen. es 1614
Rubinstein: Sterben kann man immer noch. es 1433
Rühmkorf: agar agar – zaurzaurim. es 1307
Russell: Probleme der Philosophie. es 207
Schedlinski: die rationen des ja und des nein. es 1606
Schindel: Ein Feuerchen im Hintennach. es 1775
– Geier sind pünktliche Tiere. es 1429
– Im Herzen die Krätze. es 1511
Schleef: Die Bande. es 1127
Schöne Aussichten. Hg. v. Ch. Döring und H. Steinert. es 1593
Schönhoven: Die deutschen Gewerkschaften. NHB. es 1287
Schröder: Die Revolutionen Englands im 17. Jahrhundert. NHB. es 1279
Das Schwinden der Sinne. Hg. von D. Kamper und Ch. Wulf. es 1188
Segbers: Der sowjetische Systemwandel. es 1561
Senghaas: Europa 2000. es 1632
– Friedensprojekt: Europa. es 1717
– Konfliktformationen im internationalen System. es 1509
– Die Zukunft Europas. es 1339
Sieferle: Die Krise der menschlichen Natur. es 1567
Simmel: Schriften zur Philosophie und Soziologie der Geschlechter. es 1333
Sloterdijk: Der Denker auf der Bühne. es 1353
Sloterdijk: Eurotaoismus. es 1450
– Kopernikanische Mobilmachung und ptolemäische Abrüstung. es 1375
– Kritik der zynischen Vernunft. es 1099
– Versprechen auf Deutsch. es 1631
– Weltfremdheit. es 1781
Söllner: Kopfland. Passagen. es 1504
Staritz: Geschichte der DDR 1949-1985. NHB. es 1260
Steinwachs: G-L-Ü-C-K. es 1711
Stichworte zur ›Geistigen Situation der Zeit‹. 2 Bde. Hg. von J. Habermas. es 1000

316/8/6.93

edition suhrkamp
Eine Auswahl

Streeruwitz: New York. New York. Elysian Park. es 1800
– Waikiki-Beach. Sloane Square. es 1786
Struck: Kindheits Ende. es 1123
– Klassenliebe. es 629
Szondi: Theorie des modernen Dramas. es 27
Techel: Es kündigt sich an. es 1370
Thiemann: Schulszenen. es 1331
Thompson: Die Entstehung der englischen Arbeiterklasse. es 1170
Thränhardt: Geschichte der Bundesrepublik Deutschland. NHB. es 1267
Todorov: Die Eroberung Amerikas. es 1213
Treichel: Liebe Not. es 1373
Tugendhat: Ethik und Politik. es 1714
Vargas Llosa: Gegen Wind und Wetter. es 1513
– La Chunga. es 1555
Vernant: Die Entstehung des griechischen Denkens. es 1150
Veyne: Foucault: Die Revolutionierung der Geschichte. es 1702
Vor der Jahrtausendwende: Berichte zur Lage der Zukunft. Hg. von P. Sloterdijk. es 1550
Walser: Ein fliehendes Pferd. es 1383
– Geständnis auf Raten. es 1374
– Selbstbewußtsein und Ironie. es 1090
– Über Deutschland reden. es 1553
– Wie und wovon handelt Literatur. es 642
Weiss: Abschied von den Eltern. es 85
– Die Ästhetik des Widerstands. es 1501
– Fluchtpunkt. es 125
– Das Gespräch der drei Gehenden. es 7
– Notizbücher 1960-1971. es 1135
– Notizbücher 1971-1980. es 1067
– Rapporte. es 276
– Rapporte 2. es 444
– Rekonvaleszenz. es 1710
– Der Schatten des Körpers des Kutschers. es 53
– Stücke I. es 833
– Stücke II. 2 Bde. es 910
– Verfolgung ... Marat/Sade. es 68
Sinclair (P. Weiss): Der Fremde. es 1007
Die Wiederkehr des Körpers. Hg. von D. Kamper und Ch. Wulf. es 1132
Wippermann: Europäischer Faschismus im Vergleich 1922-1982. NHB. es 1245
Wirz: Sklaverei und kapitalistisches Weltsystem. NHB. es 1256
Wittgenstein: Tractatus logico-philosophicus. es 12
Zoll: Alltagssolidarität und Individualismus. es 1776
Der Zusammenbruch der DDR. Hg. von H. Joas und M. Kohli. es 1777

316/9/6.93